KB020064

선우명수필선 44

아버지의 귤나무

선우명수필선 · 44

아버지의 귤나무

1판 1쇄 발행 2022년 4월 10일
1판 2쇄 발행 2024년 5월 10일

지은이 이정아
발행인 이선우
펴낸곳 도서출판 선우미디어
등록 | 1997. 8. 7 제305-2014-000020호
02643 서울시 동대문구 장한로12길 40, 101동 203호
☎ 2272-3351, 3352 팩스: 2272-5540
sunwoome@daum.net

값 7,000원

※ 잘못된 책은 바꿔 드립니다.
※ 저자와 협의하여 인지 생략합니다.

ISBN 978-89-87771-09-0 (세트)
ISBN 978-89-5658-696-0 04810

선우 명수필선 44

아버지의 귤나무

| **이정아** 수필선 |

선우 sunwoomedia 미디어

작가의 말

이민 와서 시작한 글쓰기가 올해로 30년이 넘었다. 1998년부터 시작한 이곳 신문의 칼럼 연재는 24년이 되었다. 그 동안 운이 좋아서 신문의 지면도 지속적으로 얻고 독자들의 많은 사랑도 받았다. 디아스포라 수필가라고 불러주시는 분도 계실 정도로 이민의 삶과 이민자의 생각을 오랫동안 썼다. 나태주 시인이 멘토처럼 말씀 주신대로 이곳에 있는 현재의 내 모습을 글로 쓰라는 조언에 충실하였다.

2013년에 남편의 신장을 기증받아 이식 수술을 했다. 시인은 이런 아픔도 후엔 훌륭한 글감이라며 행복한 작가가 되었다는 격려도 해 주셨다. 그 후론 덤으로 생각하고 감사하며 살았다. 갈등도 집착할 일도 줄이고 행복하고 즐겁게 살려고 스스로에게 주문을 걸었다.

내가 자주 쓰는 말인 '운이 좋아서'는 실은 '하늘의 도우심'을 말하는 것이다. 매일 매 순간이 내 의지가 아니라 인도하심을 따라 사니 사는 게 무척 순조로웠다.

그러다 보니 이런 좋은 날도 있다. 그동안 쓴 글 중 대표작을 골라 선우 명수필선에 44번째로 올리는 기쁨 말이다. 어설픈 글도 있고 부족한 글도 있으나 그 글을 쓸 때를 추억하며 원문을 그대로 살렸다.

글을 고르며 내 글을 돌아보고 나를 들여다볼 소중한 시간을 가졌다. 주변의 모든 글 스승님들께 감사하다. 지나온 모든 것이 감사할 뿐이다.

2022년 봄 로스앤젤레스 에코 팍에서

이정아

차례

chapter 2 밥의 향기

chapter 3 詩詩한 나의 글쓰기

chapter 1

혼자만의 화해

벼락 치던 날

고막 터질 듯 천둥이 치고 "찌지직" 하는 소리와 함께 지그재그 섬광이 여러 번 번쩍했다. 한참의 가뭄 끝에 오는 '마른 하늘에 날벼락' 같았다. 잘못도 없는데 문을 잠그고 숨을 죽였다. 낮은 자세가 좋다고 들어서 방바닥에 엑스레이 찍듯 납작 엎드렸다. 집에 세워진 철탑 (오래전 무선통신에 심취한 남편이 세운)이 벼락을 불러들일 것 같아 오금이 저린다. 언덕 위 집의 높은 철탑은 벼락 칠 때가 가장 위험한 구조물이 아닌가 싶다. 다행인지 벼락이 피해가고 길 건너 낮은 지대에서 불이 났다고 저녁 뉴스는 전한다.

대부분은 TV 안테나를 거창하게 세운 줄 알겠지만 길을 지나던 무선햄 회원들은 반갑게 알아보는 탑, 너무 커서 철거도 어려운 애물단지이지만 벼락 치면 내 죄를 절로 달아 보게 하는 저울이다.

아무튼 미국에 와서 본 가장 큰 천둥 번개였다. 그 벼락 때문에 온 동네가 정전되었다. 오전 10시경부터 수도전력국에서 사람들이 오가더니 전신주 위의 변압기를 바꾸어야 한단다. 고가 사다리차가 오고 기술자와 전공이 오고 그거 하나

고치는데 소방차만 한 큰 차 세 대가 동네 길을 다 막았다.

눈치 빠른 젊은 앞집 내외는 차를 타고 미리 나갔는데 나는 차에 막혀 오도 가지도 못하고 마당에 의자 놓고 수리 현장을 구경했다. 한국 같으면 전신주를 기어 올라가 솜씨 좋게 고치고 내려오는데 한 시간이면 될 것을 준비만도 몇 시간이다. 집집마다 다니며 길에 주차된 차번호 적고 빼달라고 양해받고 서명받느라 한나절. 사다리차를 타고 올라가 전신주에 매달린 전공 그 옆 붐 리프트에서 안전을 체크하는 기술자 아래에선 무전기로 지시하는 매니저 등 7명이 분주히 움직여서 오후 4시가 되어서야 마쳤다. 답답해도 세 단계의 안전 확인을 거치는 작업 모습이 미국다웠다.

그사이 배가 고파 집에 들어와 요깃거리를 찾았는데 전기가 나갔으니 되는 게 없었다. 쿡탑도 마이크로웨이브 오븐도 심지어 정수기의 더운물도 맹탕이다. 인터넷도 불통, 오로지 쓸 수 있는 건 휴대폰뿐이다. 인스턴트 음식이 집에 널려있어도 무용지물이고 재료는 있어도 음식이 안 되니 한심했다. 마른 빵을 씹으며 처량했다. 할 수 있는 게 이렇게나 없다니 바보가 된 것 같았다.

전기 없던 옛날엔 어찌 살았을까 궁금하다. 반딧불이로도 공부해서 형설지공이란 말도 나오지 않았던가. 호롱불을 끄고 떡도 썰고 붓글씨를 쓰던 이도 있고. 궁하면 통하게 되어 있거늘 궁핍을 모르는 시대를 산 요즘엔 대책 없는 것이 난감하다. 이곳에서 태어난 아들아이는 어려움을 경험하지도 못

했고 더더욱 대비도 모른다. 어려우면 부모에게 보험 든 듯 청하면 그만이라 생각한다.

정전된 하룻낮을 지내고 보니 이제야 알겠다. 전기와 함께 누린 모든 것이 정말 감사한 일이었음을. 우리가 미처 감사하지 못하고 지낸 것이 전기 말고도 많다는 걸 일깨워준 고마운 벼락의 날.

장석주 시인의 〈대추 한 알〉을 나도 모르게 읊조렸다. "저게 저절로 붉어질 리는 없다. 저 안에 태풍 몇 개 저 안에 천둥 몇 개 저 안에 벼락 몇 개. 저게 저 혼자 둥글어질 리는 없다. 저 안에 무서리 내리는 몇 밤 저 안에 땡볕 두어 달 저 안에 초승달 몇 날 며칠."

아름다운 배경으로 살기

교회의 노인 성경대학 수료식 후 기념 공연이 있었다. 40여 명 졸업생이 흰 셔츠에 검정 하의로 옷을 갖춰 입고 종강을 기념하는 발표회를 하는 것이다.

성경공부 외에 틈틈이 배운 리듬악기를 연주한다. 치매예방에 좋아서 특별활동 시간에 배웠다고 한다. 전에는 라인댄스를 했었는데 이번 학기엔 악기 연주로 바뀌었나 보다. 대부분 80세 넘으신 어르신들이다.

노인 대학 학생들이 트라이앵글 캐스터네츠 탬버린 소고 등을 가지고 무대에 섰다. 리듬만으로는 음악이 안 되니 멜로디 부분을 담당할 바이올린 트럼펫 건반 악기를 연주하는 젊은이들이 노인들 앞에 앉았다.

약간 긴장한 표정으로 조심히 악기를 다루는 노년의 모습들이 참 순수했다. 노인 되면 아이 된다더니 오래 산 사람의 표정은 마치 천진한 아이들 같았다.

온 신경을 집중하여 고개와 손으로 열심히 박자를 세는 모습에 웃음이 절로 났다. 살면서 리듬 맞추는 일보다 훨씬 더 어렵고 힘든 일들을 겪은 분들의 단순한 집중이 신선했다. 연세 들어도 새로운 것에 도전하는 자세는 구경하는 자녀 손주들에게 귀감이 되었을 것이다.

검정과 흰옷의 노인들이 배경처럼 서 있는 앞에 손자 또래의 젊은이들이 앉아 있는 걸 보니 공연히 가슴이 뭉클했다. 앞서 사신 저분들의 희생으로 저 삶을 바탕으로 저렇게 밝은 청춘들이 존재할 수 있는 거구나 싶었다.

줄 맞춰 서신 그 모습이 마치 십장생을 그린 수묵화 병풍 같다고 생각했다. 흑백의 옷도 그렇거니와 산전수전을 다 겪은 후의 말간 얼굴들도 할 말 많지만, 이야기를 가슴에 묻고 있는 동양화의 여백 같았다. 거기다 80 이상 사셨으니 장수하는 십장생과도 닮지 않았을까. 학을 닮으신 권사님도 사슴이나 거북 같은 장로님도 소나무처럼 멋진 분도 계셔서 십장생과 연결 지어보는 재미도 있었다.

오늘의 주인공으로 무대에 섰는데 마치 들러리 같은 느낌이 들었다. 멜로디에 집중하다 보면 중간에 간간이 들리는 리듬악기의 작은 소리 "칭칭 짝짝 찰찰"은 있는 듯 없는 듯하다. 주객이 전도된 듯한 것이 요즈음 노인의 역할을 상징하는 것 같기도 했다. 무사히 연주를 마치니 구경한 내가 더 기뻤다. 머지않아 나도 설 자리가 아닌가.

나이 먹는 건 낡음이 아니라고 무대에서 사라지는 게 아니고 기꺼이 다음 세대의 배경이 되어 주는 것이라고 몸소 보여주신 것 같았다. 어디서든 주인공이 되어보고자 설치기도 튀기도 했던 젊은 날이다. 그때를 무사히 건너온 것은 등 뒤를 받쳐주었던 든든한 배경의 손들 덕분이 아닐까.

프랑스 작가 베르나르 베르베르의 단편 〈황혼의 반란〉에는 '노인 한 명이 죽는 것은 도서관 하나가 사라지는 것'이라는 말이 나온다. 노인들의 인생 경험과 지혜를 그리 비유한 것이리라. 노인들께 그런 존경의 마음을 표하며 살았던가 나를 돌아보았다.

존재한다는 것 그것은 나 아닌 것들의 배경이 된다는 뜻이다. 별이 빛나는 것은 어둠이 배경이 되어 주기 때문일 것이다. 이왕이면 나로 인해 남이 빛나는 아름다운 배경이 되도록 살 일이다.

잭 할아버지가 남겨준 스테이크

옆집의 잭 할아버지가 돌아가셨다. 한국 이름은 김영철, 1922년에 이곳 나성에서 태어나 95세 생일을 앞두고 노환으로 이 세상 소풍을 끝내셨다. 내 남편 생일과 비슷한 날짜여서 남편과 할아버지가 종종 함께 생일 파티를 하기도 했다. 1989년부터 이웃으로 산 오랜 인연이다.

미국의 16명의 전쟁영웅 중 한 사람인 김영옥 대령의 동생으로 그의 누이는 토니상을 받은 무대의상 디자이너 윌라 김(김월려)이다. 그녀는 99세로 아직 생존하고 있으니 장수 집안이다. 유명한 형제자매들에 비해 항공사 엔지니어로 은퇴한 잭 할아버지는 비교적 소박한 삶을 살았다.

독립운동가인 김순권과 이화학당 출신인 노라 고의 자제로, 그의 부모는 템플과 브로드웨이에 한인 최초의 마켓인 킴스마켓을 열어 동지회 사람들 중 가장 부자였다고 이민 역사책에서 읽었다. 그러나 잭 할아버지에 의하면 독립자금으로 다 나가서 집안은 늘 가난했다고 한다. 그러고 보니 미주 초기 한국인의 역사 중 일부가 사라진 셈이다. 노인이 죽으면 도서관 하나가 없어지는 것과 같다던데 말이다. 총명해서 고등학교 땐 캘리포니아 전체에서 수학경시대회 1등을 할 정도였고, 킴스마켓의 야채 다듬기 고기 썰기 등 전반을 관리하던 착하고 성실한 아들이었다.

우리가 이사 오던 해 아내와 사별한 잭 할아버지는, 매일 아침 청소도구를 챙겨 아내의 묘지에 다녀오곤 했다. 자식들이 멀리 살아 심심한 그는 어린 우리 아이의 친구였다. 집에서 키운 토마토로 살사를 만들어 주기도 하고, 옥수수 껍질로 싸서 찐 따말리도 종종 보내주었다. 사별한 부인이 히스패닉이어서 멕시코 음식을 잘 만든다. 우리가 여행 가면 강아지와 마당을 돌봐 주고 이웃이지만 친정아버지처럼 보살펴주시던 분이었다.

장례식 후 시애틀에 살던 딸이 아버지 유품을 정리하러 와선 사진과 아버지를 추억할 물건을 한 차 가득 싣고 갔다. 며칠 전엔 콜로라도에 사는 아들이 휴가차 와서 아버지의 물품을 한 박스 가득 가져갔다. 아들은 내게, 아버지로부터 '좋은 이웃'이라 들었다며 고맙다고 한다.

딸인 캔디는 킴스마켓 시절부터 고기를 잘 다루던 아버지의 솜씨라며 냉동고의 잘 손질된 스테이크를 잔뜩 주고, 할아버지가 보던 요리책도 여러 권 주고 갔다. 사람이 죽어 슬퍼도, 남은 자는 먹고살려고 요리책을 뒤지고 굽고 지진다. 이 인생의 아이러니가 마음에 걸려 잭 할아버지께 미안하다.

내 마음속엔 밥 퍼낸 자리처럼 잭 할아버지의 부재가 허전한데, 동네 길은 언제 그런 일이 있었냐는 듯 평온하기만 하다. 할아버지 가족들은 집을 처분하려고 내놓았다. 살아생전 엔 안 고친 집을 뒤늦게 수리한다. 시니어가 살다 간 집을 젊은 새 가족들이 사서 들어오곤 한다. 우리 동네에서 제일 어린 가족이었던 우리는 어느새 고참이 되면서 세대교체가 되어가고 있다.

세월은 속절없이 흘러갈 것이고 잭 할아버지를 하늘에서 만날 날도 그리 멀지 않았다 싶다. 유한한 인생, 참으로 덧없다.

앞 세 집, 두 옆집

오래전 읽은 책에서 일본 속담에 '앞 세 집 두 옆집'이라는 이웃의 범위가 있다고 읽었다. 동네에 살면서 적어도 다섯 집과는 이웃이 되어 살라는 뜻으로 전해 내려오는 금언이라는 것이다. 그걸 읽고 나서 나도 그렇게 살아야지 생각했다.

어린 시절 살던 연희동 신문사 주택은 온 마을이 서로 알고 교류하지 않았던가. 대한일보의 홍 부장댁, 서울신문 송 부장댁, 소설가 곽학송 선생이 오래 어울려 살았고 김광섭 시인도 새집 지어 이사 오고, 조지훈 시인은 담 너머 뒷집 살다 이사 가셨다.

집집마다 숟가락이 몇 개인지를 넘어 아이들 성적은 물론 아버지들의 월급과 명절 때 들어오는 선물까지 공유되어서 비밀이라곤 없었다.

너무 오픈된 한국식보다 이웃의 범위를 숫자로 정한 일본식 방법이 더 합리적인 것 같아 마음에 들었다. 그래서 그렇게 살자 했는데 다섯 집과 이웃 되는 건 쉽지 않았다.

다섯 집을 이웃으로 만들기 위해 수많은 잡채 접시와 불고기와 부침개가 담장을 넘었다. 감사절엔 파이를, 성탄절엔 초

콜릿을 돌렸다. 드디어 별식을 나눠 먹는 친구 사이가 되었다.

오랜 세월이 지나고 나니 두 앞집의 한나 할머니와 일본계 3세인 미오 아주머니가 세상을 뜨고, 옆집의 잭 할아버지가 돌아가셔서 다섯 이웃 중 한 앞집과 한 옆집만 남았다. 그 집들에 새로 이사온 젊은 가족들과는 통성명도 못했다. 서로 얼굴 마주칠 일이 없었다. '혈육보다 가까운 이웃사촌'이라는 말이 무색하게 되었다.

2년 전 일요일 아침 아랫집에 불이 났을 때 불구경 나온 이웃들을 단체로 만날 수 있었다. 정말 많이 바뀌고 모르는 얼굴이 많아 놀랐다.

요즘 핫스팟이라는 우리 동네에 젊은 아티스트들이 몰린다는 소문대로 동네 길에 주차한 차들도 젊어졌다.

주민들의 차림도 깜짝 놀랄 만큼 파격적이다. 언덕 중턱엔 새 콘도가 들어서고 한적했던 실버타운이 활기가 넘치나 그리 반갑지는 않다. 이젠 내가 나이가 들어 소란한 게 싫어졌기에 말이다. 이웃과의 세대차를 절감하는 요즈음이다.

옆집의 잭 할아버지와의 이야기를 쓴 글을 신문에서 읽은 분이 재미있게 읽었다며 방송 출연을 요청하셨다. 그분이 마침 라디오 프로그램 진행자여서 팔자에 없는 전파를 탔다. 수필가가 된 이유, 이민 1세로서의 글쓰기 전망, 문인의 삶 등을 질문하셨다. 한 편의 글 때문에 생긴 인터뷰였으나 내겐 시사하는 바가 컸다. 글을 쓰면 어느 누군가는 읽게 되며 단한 명에게라도 울림을 줄 수 있다면 그것으로 글 쓰는 이유는 충분하다는 걸 새삼 깨달았다.

좋은 이웃으로 살며 주변을 행복하게 하는 글을 써 달라는 덕담에 "네, 물론입니다." 흔쾌히 대답하고 왔는데 걱정이다. 적어도 세 집의 새 이웃을 만들어야 할 일이 숙제가 되었다. 주말에나 얼굴을 마주치며 "하이!" 인사만 나누던 앞집의 젊은 부부를 뭘로 공략하여 마음을 살까?

100 dollar hamburger

'100달러 햄버거'라는 말은 비행사들 사이에서 자주 쓰는 슬랭이다. 경비행기를 타고 한두 시간 짧은 여행을 한 후 도착지에서 요기하고 돌아오는 걸 '헌드레드 달러 햄버거'를 먹고 왔다고 말한다.

지난 주말, 아들아이가 원하는 옵션의 차가 옥스나드에 위치한 딜러에 있다며 그걸 굳이 사러 간다고 했다. 세 식구가 남편이 조종하는 세스나를 타고 옥스나드 비행장에 내렸다.

아이는 차를 픽업해서 오고 우리 내외는 비행장에서 기다렸다. 아무리 작은 비행장도 파일럿을 위한 스낵이나 물이 있고 작은 레스토랑이 있기 마련인데, 옥스나드 비행장엔 덩그러니 벤딩머신에 세 군데의 렌터카 회사 창구만 있었다. 식당이 없으니 핫도그나 햄버거도 없다.

점심을 먹기 위해 검색해 보니 가까운 거리에 한국인이 하는 횟집이 있었다. 오래전 가본 그 집 같았다. '어부의 집'으로 가는 길은 엄청 변화하여 놀랐다. 마치 뉴포트비치처럼 달라져 있었다. 고래 구경을 하러 왔던 20년 전의 채널 아일랜드가 아니었다. 마리나에 정박된 요트들과 집 앞에 닻을 내린

개인 보트는 옥스나드가 농산물 재배지가 아닌 부촌으로 변모한 것을 보여 준다.

옥스나드 하버에서 한국식 회와 생선찌개를 먹고 아이는 차를 몰고 제집으로 가고, 우린 비행기로 돌아왔다. 비행시간은 왕복 한 시간에 비행 전 준비 시간과 비행 후 연료 채워 넣고 정리하는 데에 30분이 더 걸렸지만 짧은 트립이었다.

비행기 옆을 스치던 하얀 솜사탕 구름, 작은 거품처럼 보이는 수많은 요트, 시원한 푸른 바다와 높디높은 하늘은 답답한 마음을 한 번에 날려주었다. 며칠 전부터 아팠던 두피 신경통이 씻은 듯 나았으니 말이다.

한편 위에서 내려다본 말리부캐년의 집엔 집집마다 수영장과 테니스장이 있고, 옥스나드 평야엔 박스에 나란히 누운 껌 같은 비닐하우스 군락들, 샌타모니카 해변에는 개미처럼 움직이는 피서객들이 보인다. 더 위에 계신 창조주의 눈엔 나도 그저 점에 불과할 것이다. 땅에 내리면 더욱더 겸손하게 살아야지 하는 생각이 절로 든다.

찰스 린드버그는 대서양을 최초로 논스톱 단독 비행한 사람이었다. 그는 비행에는 "아름다움과 자유, 과학, 모험 (beauty, freedom, science, adventure) 그 모든 것이 다 들어있다."고 했다. 몇 번 안 되는 탑승 경험이지만, 사람들이 하늘을 날아 보고 싶어 하는 기분을 이해할 수 있을 것 같다.

벌벌 떨던 나도 이젠 우황청심환 없이 비행기를 탈 수 있게 되었다. '100불 햄버거 대신 광어회'였다.

혼자만의 화해

다인종이 모여 사는 이곳 나성은, 최근의 통계를 보면 140개 나라에서 온 96가지의 다른 언어의 사람들이 섞여 살고 있다고 한다. 그러니 미국을 부를 땐 멜팅 팟(Melting Pot)이니, 샐러드 보울(Salad Bowl)이니 하고 부른다. 멜팅 팟은 여러 인종이 뒤섞여 산다는 의미로, 샐러드 보울은 뒤섞여 사나 각 민족의 고유성은 살아있다는 의미로 말할 때 많이 사용된다.

작은 규모의 우리 회사만 해도 사무실 비서는 인도 사람, 현장 매니저는 멕시코 사람과 한국 사람이 섞여 있다. 현장 작업을 맡은 인부들은 멕시코나 엘살바도르, 과테말라 주로 남미계통의 사람들이다. 그런데 우리 직원 중 흑인은 아직 없다. 소수민족 가운데 가장 많은 인구를 가진 흑인들이건만. 이쪽에서 흑인을 부르는 정식명칭은 '아프리칸 아메리칸'이다.

우리 동양계를 '아시안 아메리칸'이라고 부르는 것과 같다. 그러나 한국 사람 중 그들을 지칭할 때 정식이름인 '아프리칸 아메리칸'이라고 하는 이는 없다. '킨타쿤테' 또는 '니그로'

'검둥이' 이렇게 대개 비하의 뜻을 담아 부르는 이가 많다. 이곳에서는 사람을 색깔로 구별하기도 한다. 블랙이니, 옐로, 화이트 이러기도 하고, 스테이크에 비유해 Rare(덜 익은 것), Medium(중간 것), Well-done(잘 익은 것), Over heated(탄 것) 이러기도 하는데 우스운 것은 서로 '웰 던'이라고 우기는 것이다. 항상 자신을 기준으로 사고하는 법이므로.

30년 전 엘에이로 이사 와서 집을 사려고 돌아다녔었다. 그때 먼저 이곳에 와 정착한 선배들의 조언에 의하면 한인타운에 있는 집은 사지 말라는 것이었다. 한인들끼리 집값을 올려놓아 규모에 비해 터무니없이 비싸다고 했다. 그래서 우리는 미국신문인 「L.A times」의 부동산 광고를 믿기로 하였다. '좋은 이웃, 저렴한 집값'이라는 데를 가보면 흑인 에이전트가 파는 흑인 동네의 집인 경우가 많았다. 그들이 볼 땐 서로가 좋은 이웃인 셈이니 몇 번 가서 본 집들이 우리가 가장 하얀 사람으로 살아야 하는 쑥스러운 동네여서 곤란했던 적이 있다. 사실은 흑인들이 싫었다. 사람을 외모로 평가하는 것은 어리석은 일이나 그들을 보면 우선 무섭다. 그러한 선입견으로 사람을 오해하는 경우가 많다. 그 고질적인 오해는 체험을 통하지 않으면 고치기가 어렵다.

흑인 동네의 주유소에서 가스를 넣을 일이 생겼다. 되도록 그곳을 피하여 가스를 넣으나 어쩔 수 없이 넣게 되었다. 주유를 하고 시동을 거니 차가 스타트가 안 되었다.

어쩌나 교회의 부흥회는 시작이 될 것이고 맡은 순서도 있고 마음은 초조했다. Road Service를 불러도 가고 오는데 적잖이 시간이 들 터였다. 흑인 한 명이 내게로 걸어왔다. 머리가 쭈뼛 서면서 긴장했다. "도와줄 일 있냐?" 묻는다. 그래도 모르니 경계를 늦추지 않고 살펴보았다. "네 차 소리 들어보니 배터리가 문제"라고 한다. 그러더니 자기 차에서 점프케이블을 가져다가 내 차로 연결하여 시동을 걸어주는 것이 아닌가? 임시변통만 했으니 네거리에 있는 정비소에 가서 배터리를 갈고 가는 것이 좋을 것이라는 조언도 해 주었다.

내게 눈을 찡긋하면서 "내 차는 낡아서 점프케이블을 늘 갖고 다닌다"며 자랑 아닌 자랑을 한다. 수고비를 주려 해도 안 받고 어서 가보라고 손을 흔든다. 내가 평소에 이유 없이 싫어했던 흑인으로부터 도움을 받고 보니 기분이 묘했다. 흑인 폭동 때 보았던 난폭한 이의 모습이 아니고 굵은 금목걸이에 힙합 바지로 온 거리를 쓸고 다니는 불량해 보이는 흑인도 아닌, 어리숙한 흑인이 내 편견 있는 안목에 대대적인 수정이 필요하다고 깨우쳐주었다.

그 이후 흑인들을 관찰해보니 나의 사고와 생각이 참으로 바르지 못했음을 알았다. 외모 때문에 배경 때문에 차별하고 사는 일은 없는지, 그런 편견이 공동체 사회에서 남에게 불이익을 주고 있지는 않은지 곰곰이 생각해 볼 일이다. 조건을 뛰어넘어 인간을 인간 자체로만 사랑하는 회복이 우리에게 있어야 하지 않을까?

오늘, 회사 일로 L.A. 외곽에 있는 City of Compton 캄톤 시청으로 도면을 픽업하러 갔다. 캄톤은 대표적인 흑인도시이다. 길거리의 사람도 시청의 수위도 직원도 손님들도 다 검은 곳이었다. 캄톤시에 있는 학교 공사를 새로 들어가게 계약이 되었다. 그 동네 거주자를 적어도 몇 명은 꼭 써야 한다는 규정이 도시마다 있으니, 조만간 그 공사를 위해 흑인 직원을 채용해야 할 것이다. 내가 먼저 "하이" 하고 인사하니 다들 흰 이빨을 보이며 더 크게 웃으면서 반겨준다. 오호라 그들이 문제가 아니라 여태껏 내가 문제였구나.

엄마의 레블론과 코티분

'레블론 20개, 코티분 10갑'. 엄마의 주문서이다. 수술 후 검진차 자주 한국을 방문하는데 갈 때마다 필수로 가져가야 할 물품이다.

남동생들이나 올케, 시누이들은 아픈 언니가 뭘 사오냐며 꼭 필요한 걸 말하래도 안한다. 그런데 노모는 "딴 건 다 필요 없다"시며 레블론 파운데이션과 코티분은 꼭 가져오라신다.

사실 개수가 많지 크게 비싸진 않다. 동네 어귀의 체인점 월그린스에 가면 레블론은 1개 사면 두 번째 것은 50% 하는 행사를 종종 하니 그걸 이용하면 되고, 코티분도 한 갑에 10불 미만이므로 엄마의 주문이 부담이 되진 않는다.

그러나 2년 사이 다섯 번 이상 나갈 때마다 가져다드린 그 화장품들은 대체 다 어디로 갔는지 슬슬 짜증이 나기 시작했다. 엄마 말대로라면 84세 늙은이가 무슨 멋을 부리냐? 하지 않았는가 말이다.

이번 방문 시엔 주로 어머니 집에 있었기에 잘 살펴보았다. 엄마의 화장대엔 내가 쓰다가 두고 간 화장품과 한국제품의 병들이 늘어서 있었다. 찌든 분첩과 휘어진 화장솔 등 구차하기까지 한 화장대였다. 어디에도 레블론과 코티분은 없다.

며칠을 두고 보니 연신 나갔다 들어오시는데 같은 아파트에 사는 교인 친구들 집에 다녀오시는 거였다. 화장품을 가방에 담아 나가시는 것 같았다. 나중에 만난 노인들의 인사로 미루어 확실히 알 수 있었다. "미국서 오신 따님이 우리 선물까지 챙겨오시고 고마워요."

선물엔 마음이 깃들여야 하거늘 인사받기도 민망했다. 용도도 모르고 욕심 많은 노인네라며 엄마에게 투덜거리는 마음으로 사 온 건데 말이다. 작은 가방 하나만 들고 가는 병원 검진 길에 무거운 걸 주문한다고 속으로 얼마나 불평했던가.

다른 권사님들은 딸들이 한국에 살아 자주 찾아온다고들 한다. 딸들이 다녀가며 용돈도 주고 맛난 것도 사 오면 나누고 했는데, 오랜만에 미국서 나온 딸이 아파서 수술을 받는다고 왔으니 엄마는 무척 속이 상했단다. 그분들이 모여 늘 나의 완쾌를 비는 기도를 한 덕에 수술이 잘 되었으니 엄마는 큰 빚을 졌단다.

사실 중보 기도에 대한 복은 하늘에서 받는 것인데, 엄마는 무척 세상적인 답례 방법을 생각하셨나 보다. 그런 엄마가 이해되었다. 미국 사는 딸이니 미국 물건으로 그것도 노인들이 젊을 때 열광하던 레블론과 코티분으로 인사한다는 발상이 귀여웠다. 나 때문에 진 빚이니 당연히 내가 갚을 몫이다.

돌아오는 짐을 싸려니 엄마가 사 놓으신 식구대로의 속옷과 양말의 무게가 만만치 않다. 내가 불평한 화장품보다 훨씬 무겁다. 우리 식구는 미국살이 30년 동안 엄마가 공급하는 속옷과 양말을 입고 신었다. 당연한 듯이.

"엄마, 다리도 시원찮은데 무거운 거 사러 다니지 마세요. 이젠 우리도 미제 속옷 사 입을게요. 그래도 레블론과 코티분은 제가 평생 공급할 테니 염려 마세요."

멀리 사는 것도 모자라 아픈 것으로 또 불효를 하고 있는 나는 2배 못난 딸이다.

상대를 읽기가 어려울 땐

내가 대학을 다니며 한창 연애에 열을 올릴 때, 어머니는 나의 데이트 이야기를 듣는 것을 즐기셨다. 아마도 대리만족이 아니었던가 싶다. 성악을 하신 어머니의 목소리는 젊어서, 전화를 걸어온 남학생이 나인 줄로 착각하여 어머니께 약속을 청하였던 일화도 있었다. 어머니는 다 듣고 나서야 어머니라는 것을 밝히는 엉뚱한 짓(?)을 하여 내게 원성을 사기도 했다. 데이트를 하고 오면 만나서부터 헤어지기까지를 소상히 다 이야기를 해야 후련해진 어머니로부터 해방이 되므로, 그걸 일일이 설명하는 것은 보통 일이 아니었다.

어머니께서 늘 하시던 질문은 "눈빛이 어땠냐?" 였다. 상대의 눈빛을 보면 마음을 알 수 있다나? 내가 "눈빛을 보아도 잘 모르겠다."라고 하면 "아유, 이 맹추야." 하시곤 했다. 사실 눈빛을 보아 사람의 마음을 읽을 수 있으면 정말 좋겠다. 나이가 든 지금은 어릴 때보다 사람 보는 눈이 조금 트이긴 했어도 사람은 정말 겉만 보아선 모를 일이다. 사람을 안다는 것을 정말 어렵고도 어렵다.

연애 이야기를 떠나서라도, 내가 우리 어머니의 이런 마음식별 법을 이야기하면 사람들은 다른 방법의 마음 읽기를 제시하기도 한다. 눈빛에 비치는 위선의 그림자를 보아도 모를 땐, 여행을 함께 해 보거나 또는 돈거래를 해보면 알 수 있다고 한다. 하지만 다 지나서 마음고생을 한 연후에나 상대를 알 수 있으니 사람의 마음을 헤아리기는 그리 쉽지 않다. 그래서 옛말에 "열 길 물속은 알아도 한 길 못 미치는 사람 속은 모른다."고 한 모양이다.

나 같은 '어리바리과'의 사람들은 갖가지 위선을 식별할 줄 알아야 한다. 그래야 그들과 부딪치지 않고 미리 피할 수가 있다. 얼마 전 책에서 읽은 공자의 다섯 가지 악, 즉 '오악'이 있다. 많은 선량한 사람들은 알아두어야 한다. 공자가 한때 노나라 재상을 한 적이 있었다. 그 당시 소정묘를 처형했다. '덕치'를 주장하던 공자이기에 사람들은 의아해했다. 공자 왈 사람에게 절대로 용서할 수 없는 '오악'이 있는데, 당시의 소정묘는 '오악'을 골고루 다 갖추고 있었다는 것이다. 공자가 열거한 '오악'을 새겨볼 일이다. 첫째, 시치미를 딱 떼고 음흉하게 나쁜 짓을 저지른다. 둘째, 겉으로 제법 공정한 체하고 강직한 체한다. 셋째, 거짓말투성이면서도 사탕발림을 한다. 넷째, 성품이 흉악한데도 박학다식하다. 다섯째, 독직과 부정을 일삼으면서도 청렴한 체한다는 것이다. 요즈음 신문을 장식하는 대부분 사람이 '오악'의 부류가 아닌가 한다.

신문에는 나오지 않아도 살면서 '오악'과 접하는 경우가 있다. 그럴 땐 매우 헷갈린다. '오악'이 갖는 야누스적인 양면성 때문이다. 어떨 땐 한없이 나이스한 인간이었다가, 더러운 먹이만 집요하게 찾는 하이에나 같은 동물성이 얼핏얼핏 비치니 말이다. 얼마 전(실은 그 역사가 오래된 것이긴 하지만) 그런 류의 사람과 종지부를 찍는 일이 생겼다.

힘들었지만 하나님이 내게 '오악'으로부터 멀리 떨어지라는 기회를 주신 것이 아닌가 생각했다. 그 일은 오랫동안 쌓은 공을 단숨에 무너뜨리는 일이기도 하였다. 하지만 글쓰는 이에게 문인협회의 단체장이 무슨 대수로운 자리인가 말이다. 평생을 글 쓰는 일을 하셨던 아버지로부터 들은 이야기가 있다. 글 쓰는 사람은 글로 말을 하는 것이지 문단의 자리로 말을 하는 것이 아니라고. 그럴 시간이 있으면 글을 쓰는 것이 더 유익하다고. 시끄러운 문단 가까이 있는 것이 오히려 도움이 안 된다고. 늘 그런 말을 들어왔으면서도 마음에 담아두지 않았던 내가 잘못이었다.

한바탕 홍역을 치르고 나니 이제야 실감이 난다. 어른들 말씀이, 옛말이, 공자 말씀이 하나도 틀리지 않음을 나이 먹어가면서 깨닫고 산다. 내가 어느 줄에 서야 하는지 판단이 안 서겠거든 이 사람 편도 아니고 저 사람 편도 아닌 하나님 편에 서라고 고민을 많이 하던 내게 남편이 말했다. 듣던 중 쓸만한 조언이어서 마음 결정에 도움이 되었다.

"돼지를 치는 일에만 전념하지 말고 마음을 돌려 하나님께로 돌아가는 삶이 되어야 한다."고 한 오늘의 목사님 설교는, 어려서부터 귀가 닳도록 들어온 탕자 비유의 결정판이었다.

내 마음 상태에 따라 시시때때로 주시는 말씀에 나는 오늘도 감동했다.

자전거대회, 땀이 주는 감동

말, 오토바이, 보트, 자전거, 스키, 둔버기, 경비행기 뒤에는 '탄다'라는 동사를 붙일 수 있다. 모든 탈 것에 열광하는 남편은 몸을 움직여야 직성이 풀린다. 인간 단독의 힘이 아니라 무언가와 협력해서 빨리 갈 수 있다는 것이 매력적이라나? 방바닥에 엑스레이 찍기가 취미인 나와는 달라도 너무 다른 인류이다.

그나마 크게 아프고 난 다음에는 수영과 실내 자전거 타기, 뒷마당 오르내리기로 나도 '운동권'이 되었다고 외치기도 하나 남편의 운동량에 비하면 턱도 없는 수준이다.

온갖 탈 것 사이사이 수영에 마라톤에 탁구까지 몸을 가만두지 않으니 주인 잘못 만난 남편의 몸이 안쓰럽기까지 하다. 그렇다고 몸짱도 아니요 그저 군살 없는 정도여서 크게 부럽지도 않다. 하지만 그 건강 덕에 큰 수혜를 입은 처지라 평생 납작 엎드려 살기로 결심한 터이다.

비가 많이 오던 3월의 어느 금요일 매우 복잡한 101번 프리웨이를 탔다. 내 사전에서 비 오는 날은 김치전 부쳐 먹으며 집에서 책 읽으면 딱인 날이나, 남편이 자전거대회를 나간다기에 응원차 따라나섰다. 토요일 경기에 대비, 미리 가서 출발장소인 호텔에 묵을 요량이었다.

'솔뱅 센추리' 자전거대회는 올해로 34년째를 맞이했다. 솔뱅에서 롬폭까지 와이너리 구릉을 굽이굽이 돌아오는 길로 코스가 수려하기로 유명하다. 남편은 100마일과 50마일 코스 중 50마일을 택했다. 동호회의 젊은 두 분은 100마일 코스를 달린다. 세계기록 보유자도 참가했다고 한다. 남편은 3천 명의 참가자들 중 시니어 그룹에 속하며 기록보다는 완주에 의의를 두기로 하였다.

오전 9시에 출발하여 중간에 쉬어가며 오후 1시엔 넉넉히 돌아오리라던 남편이 2시가 넘어 마지막 그룹에 섞여 들어왔다. 신나게 타다 보니 뒤에 아무도 없더라나? 반환지점을 넘어 5마일을 더 가서 되돌아오느라 그랬단다. 50마일 대회에 나가 60마일 달리고 거의 꼴찌로 들어온 남편.

세 바퀴 자전거를 탄 장애인 그룹과 2인용 팬덤 바이크를 탄 가족 팀들과 함께 들어와서 팡파르와 박수를 가장 많이 받았다. 자원봉사자는 승리의 음악을 볼륨 높여 틀고 길가의 구경꾼들도 더 크게 환호했다. 느려도 힘들게 들어온 이들에게 보내는 갈채는 후한 법이다. 나도 모르게 눈물이 났다. 그들의 건강한 고군분투가 대견하고 고마웠다.

피니시라인에서 기다리며 여러 모습을 보았다. 셀카봉으로 자신을 찍으며 들어오는 이. 함성을 지르며 들어오는 이. 배우자와 자녀들의 포옹이 어우러진 축제의 장이었다. 완주한

이들의 얼굴에서 보이는 땀과 만족감. 구경만으로도 건강한 기를 흠뻑 받았다.

독서하고 강연 듣고 글 쓰고 하는 것만이 고상하고 최고의 가치라 여기고 살았는데, 몸을 움직이는 노동과 땀의 수고도 못지않게 아름다운 것이라 절로 인정하게 되었다.

비 온다 짜증 내며 따라간 길에서 쌍무지개도 보았으니 덤으로 행운이 따라올 것만 같은 봄날이다.

아버지의 귤나무

지난 토요일이었다. 오랜만에 마당 정리하려고 청소하는 이들을 불렀다. 언덕배기에 있는 우리 집은 뒷마당이 매우 가파르다. 거실과 면한 베란다는 공중에 걸려 있는 꼴이다. 베란다에서 마당을 내려다보면 심청이처럼 치마를 뒤집어쓰고 뛰어들까 하는 충동이 생길 정도로 마당 깊은 집이다. 계단을 53개 내려가야 약간 평평한 평지를 만난다.

아버지가 살아 계셨을 때만 해도 그 평지엔 채소를 심었었다. 아버지는 상추, 배추, 무, 토마토, 피망을 심으시고는 한국에 가셔서 다시 오지 않으셨다. 솎아주지 않은 모종이 웃자라 키가 껑충 커지고 장다리꽃이 피고 또 져도 안 돌아오셨다. 열매를 두더지와 청설모가 다 파먹도록 못 오셨다. 신장이 안 좋은 아버지는 병원에 투석을 다니셔야 했으므로 미국에 다녀가지 못하고 돌아가셨다.

이번에 마당 정리를 하면서 아버지가 가늘게 쳐 놓았던 금줄과 동물의 피해를 보지 않도록 쳐 놓았던 철사 그물도 다 걷어내었다. 아버지가 안 계시니 건사할 사람도 없으므로 지금은 채소를 심지도, 뒷마당에 내려가지도 않는다. 아버지 대신 남편만 가끔 내려가서 과일을 수확하거나 손질을 한다.

일꾼들을 따라 내려간 남편이 바구니 하나 내려보내라고 소리를 질렀다. 소쿠리를 던져주었더니 아이 주먹만 한 귤을 열 개 남짓 가지고 올라왔다. 아버지가 7년 전에 심어 놓으신 나무에서 열린 것이라 한다. 그때 신고 배와 후지 사과, 제주도 귤 이렇게 세 그루를 한인타운의 정원수 집에서 사다 심었다는 것이다. 배와 사과는 조금 추운 듯한 곳에서라야 잘 자라는데, 온화한 이곳에는 잘 안 맞는지 발육상태가 안 좋다고 했다. 그중 귤나무에서만 열매를 얻었다고 한다. 대추, 감, 포도, 복숭아, 석류, 무화과 이런 나무들도 있다고 하는데 무심한 나는, 우리 집에 그런 나무들이 있는 것조차 몰랐었다. 심심한 아버지가 종일 마당에서 뭘 하시나 보다 했지 정답게 물어본 적도 없었다.

이날 이때껏 내가 오로지 관심을 두는 나무는 레몬나무이다. 부엌 창 쪽에 있어 설거지할 때마다 보이기도 하고 열매도 예쁜 것이 물을 안 주어도 잘 자란다. 오래전 집을 팔고 간 전 주인이 심은 것이다. 하나 따다가 생선구이 위에 즙을 뿌리기도 하고 얼음냉수에 한 조각 띄우는 등 잘 쓰고 있다. 우리 집에 심겼어도 가지가 옆집으로 많이 넘어가 옆집에서 종종 따가기도 한다. 두 집이 충분히 쓸 만큼 레몬이 많이 열린다. 아름답기보다 실용적이어서 내 사랑받는 나무가 아닐까 싶다.

그런데 아버지의 귤을 보니 왈칵 눈물이 나면서 감정이 묘해지는 것이었다. 마치 아버지가 환생한 듯 귤을 애지중지 다루었다. 잘 씻어 나무 그릇에 모셔놓고 남편에게 건드리지 말도록 명령(?)했다.

"이건… 우리 아버지야."

정말이지 내겐 그건 먹는 귤이 아니었다.

2년 전 아버지의 장례식 날, 아직 추운 3월이었다. 갓 다진 붉은 봉분 위로 갑자기 노랑나비 한 마리가 날아다녔다. 마치 무덤 속에서 나온 듯 착각이 들었다. 사촌언니가 "삼촌이다!" 소리쳤다. 조카들이 "할아버지!" 하고 불렀다. 숙모도 "큰아버지가 가벼우시니 나비가 되었나 보다." 했다. 크리스천인 나는 속으로 이거 왜들 그러나? 했지만 울던 끝이라 말도 못 했는데, 지금은 내가 귤을 바라보고 아버지라니 참으로 아이러니하다.

오늘 집을 나서는데, 현관 밖 빈 화분에서 노란 프리지어가 올라온 것을 보았다. 한 송이는 꽃이 피어 향기가 진동하고 나머지도 순서를 기다리며 꽃망울을 머금고 있다. 생각해보니 그것도 아버지가 살아 계실 때 사다 심은 구근이었다. 프리지어를 유난히 밝히는 나를 아시고 화분마다 잔뜩 심어 두신 적이 있었다. 다 비우고 이젠 다른 것을 심었는데 미처 비우지 못한 화분에서 싹이 나고 꽃이 핀 모양이었다. 꽃은 피었다 지고, 나무는 열매를 맺건만 돌아가신 아버지는 다시 못 오신다.

희망을 상징하는 노란색이 서로 자기들 상징색이라고 싸우는 이들도 있다던데, 이 봄 내게 노란빛은 슬픔이요 아픔이다. 주황빛 귤, 황금빛 프리지어, 노랑나비… 아아 아버지.

기타 등등의 삶

페이스북에 20대의 사진을 올리는 게 요즘 유행이라기에 쓸만한 사진을 찾아보았다. 우리 나이 또래의 사람들은 추억에 잠겨 옛날을 반추하는 걸 좋아하는지, 여기저기 한창때의 사진으로 젊었던 한 시절을 과시하기 바쁘다.

작정한 이민이 아니라 유학생 남편 따라와 눌러앉은 이민이라 젊을 적 사진이 수중에 없다. 한국의 친정집 다락 어딘가에 있을 듯하다. 대학 졸업 앨범 사진을 올렸더니 "지성적으로 보이네" "똑똑해 보이네" 칭찬이 무성하다. 사실을 말하자면 나는 똑똑하지 않았다.

치열한 중학교 입시를 치르고 들어가서 받은 첫 성적표엔 형편없는 석차가 적혀있었다. 전교 1등을 놓치지 않던 내겐 큰 충격이었다. 엄마도 마찬가지였는지 망연자실. 모녀는 부뚜막에 앉아 기막혀 울었다.

심기일전하여 머리 싸매고 공부해 보았으나 다음 학기도 성적이 크게 오르지 못했다. 강남 강북이 있기도 전이니, 연희동 변두리 아이와 도심 아이들의 차이였는지 아니면 전국에서 몰려든 비슷한 아이들끼리의 경쟁이어서였는지 성적 올리기는 참 어려웠다.

교복을 입고 길에 나서면 '경기 학생'이라고 모두 칭찬하였지만 내 마음속엔 남모를 열등감이 있었다. 중고교 6년 동안 성적은 그저 그 타령으로 뒤에서 세면 더 빨랐다.

고3이 되자 입시를 대비하여 반을 나누었다. 절반은 서울대반, 20% 정도는 연고대반, 나머지는 '기타 등등반'이었다. 집 가까운 여대를 갈 생각이었던 나는 '기타 등등반'에서 대입 준비를 하였다. 내가 시험을 치던 해부터 논문식 시험으로 바뀐 그 대학은 선생님들도 처음 경험하는 제도여서 대책이 없다며 신문의 사설을 읽게 하는 것이 입시 준비의 전부였다. 혼란 속에서 기타 등등반은 여유작작 놀아도 양해가 되었다.

나의 열등감인 '기타 등등'의 역사는 이처럼 오래된 것이다. 동기들이 의사나 박사로 학위를 받고 전문직을 택할 즈음 나는 한국을 떠나 미국으로 왔다. 비교적 평등한 이곳에서 살면서 열등감은 많이 희석될 수 있었다. 동창들처럼 초일류가 아니었기에 남편을 공부시키기 위한 험한 일도 큰 갈등 없이 감당할 수가 있었다.

꽃집 알바도, 세탁소의 옷수선도, 인형 만들기도 기꺼이 해냈다. '기타 등등의 삶'으로 이미 단련된 마음의 근육이 아니던가? 돌이켜 생각해보니 하나님이 예비하신 '기타 등등'이 아니었나 생각이 들 정도였다. 삶의 지경을 넓혀준 그늘의 체험이 살다보니 참 소중한 거였다.

그랬던 내가 졸업하고 34년이 지난 모교의 100주년 기념식 자리에서 '영매(英梅)상'을 받았다. 경기 졸업생 중 학교를 빛낸 인물로 선정이 되었다며, 교화인 매화가 새겨진 주먹 덩이만 한 금도금 모표에 표창장을 받았다. 내가 좋아서 한, 글쓰기와 책 출간을 모교에서 축하해 준다니 감사한 한편 민망했다. 평생 간판이 되어 나를 도와준 모교를 내가 표창해야 될 입장이었는데 말이다. 보잘것없는 나 같은 이를 명예로운 졸업생에 끼워준 걸 보면 경기여고가 대단한 학교임엔 틀림이 없다.

후배인 이숙영 아나운서가 사회를 보고 양희은 선배의 미니 리사이틀에 각 분야의 기라성같은 선배들을 모신 동문의 밤이었다. 내 마음속에 '가까이하기엔 너무 먼 당신'이었던 모교가 비로소 따스함으로 마음속에 와닿았던 날이었다. 우리끼리의 말로 '가문의 영광'이라는 영매상이 좋긴 좋은가보다. 오랫동안 맺혔던 맘이 풀렸다.

"인생만사(人生萬事) 새옹지마(塞翁之馬)" 맞다.

비워야 채울 수 있다

욕실에 새 타올을 걸었다. 한국에서 올해 창간한 『그린에세이』의 기념품이다. 태평양을 건너온 연둣빛 수건이 곱기도 하다. 욕실이 다 환해졌다. 미국에서 30년 넘게 살면서 타올을 돈 주고 산 기억이 별로 없다. 한국을 오가며 여행 짐 사이에 충격방지용으로 넣어가지고 오기도 하고 이곳에서는 교회창립이다, 동호회다 하며 얻어온 수건을 쓰기 때문이다.

욕실의 타올을 정리하다 보니 1979년이라고 쓰인 '전력노조 34주년 기념' 오렌지색 타올이 있다. 1983년도 '춘계 사내 낚시대회' 2003년 '경부고속철도준공' 2004년 '선수필 포럼' 등등. 타올에서 집안의 내력과 가족의 행동반경까지도 짐작할 수 있다. 어지간히 버리지 못하고 살았구나 생각했다. 얼굴 닦는 수건이 낡으면 발수건으로 갔다가 수명이 다하면 세차용이나 걸레로 활용하면 되는 것을 무에 아깝다고 여태 수건함에 모셔두고 사는지 모를 일이다. 이런 형국이니 사반세기 동안 산 집의 구석구석은 알만하지 않은가?

면역억제제라는 약을 평생 써야 하는 나의 병이 먼지나 곰팡이에 민감하여서, 치료를 마치고 한국에서 돌아올 때쯤엔

안방을 마루로 깔아 깨끗하게 환경미화를 해 놓겠다고 약속했었다. 남편은 내가 돌아와도 아직 엄두를 못 내고 있다. 물건이 너무 많아서 손을 대지 못한다는 것이다. 무얼 버리고 무얼 남겨둘지 몰라서 내가 진두지휘를 해야 공사를 시작 할 수 있다나?

홈디포에서 사온 커다란 투명 수납박스에 하루 한 통씩 정리해 차고로 내보내면, 방을 비울 수 있다기에 숙제처럼 버리고 정리한 것이 벌써 열흘이 넘었다.

옷을 작은 동산만큼 버리고 오랫동안 끼고 살던 서랍장이며 머릿장도 내어놓았다. 실은 내놓은 걸 다시 들여오고 몇 번이나 망설인 정이 든 물건들이다. 정리를 돕던 남편 회사의 라틴계 직원이 가져가도 되냐고 묻기에 가구용 왁스로 잘 닦아주었다. 서랍장 위의 장식품도 함께 가져가라 했다.

오래전 남편이 텍사스에서 공부를 마치고 미국에서의 첫 직장을 잡아 엘에이에 왔을 때, 사장님 댁에서 얻어온 앤티크 책상을 아직까지 잘 쓰고 있다. 그걸 생각하면 우리 집의 서랍장도 직원의 집에선 유용하게 쓰일지 모른다. 우리처럼 오래 오래 쓰길 바란다.

아프고 나니 세상이 조금은 달리 보인다. 허전함을 소유로 커버하려고 했던 지난날들이 참으로 헛되고 헛되었다는 것을 이제야 알겠다. 젊음과 세월과 생명처럼 인간의 힘으로는 도저히 붙들 수 없는 것이 있다는 것도 실감했다. 그전에 버리려고 했으면 꽤나 망설였을 물건이나 옷가지를 과감히 버릴 수 있는 나 자신이 대견하다. 아픈 것이 단순한 고통에 그치지 않고 작은 깨달음이라도 주었다면 내 병에 감사할 일이다. 비워야 채울 수 있다.

깜빡깜빡

잠시 친정집에 얹혀살던 신혼 때였다. 아버지는 처음엔 부드럽게, 다음엔 화를 내면서, 아니면 혀를 차면서 아침마다 남편을 깨웠다. "이군!" "이 서방!" 하며 점점 곱지 않은 목소리로 목청을 높이셨다. 처가살이에 눈치가 보일 만도 하건만 쇠귀신처럼 일어나질 않아 내 속을 태웠다. 한 번에 벌떡벌떡 일어나던 우리 식구들의 모습과 달라서, 군기 빠진 사위의 모습에 적잖이 실망하셨다.

겨우 일어나 출근 준비를 하고 현관문을 나서면, 엄마는 작은 소리로 말했다. "두고 봐라. 이 서방이 곧 다시 올 테니…." 그 말이 떨어지기 무섭게 두고 간 지갑이나 열쇠뭉치를 가지러 다시 들어오곤 했다. 엄마는 왜 결혼을 반대했겠냐며 엽렵하지 못함을 미리 알고 있었다는 듯 못마땅해하셨다.

요즘도 언덕 아래의 골목 어귀까지 차를 타고 내려갔다가, 후진시켜 집으로 다시 오는 일을 자주 한다. 가까운 이웃들은 다 아는 버릇이다. 꽃밭에 물을 주던 옆집의 잭 할아버지도 뒷걸음쳐 오는 차를 보면 웃는다. 나도 현관문을 잠그지 않고 오늘은 몇 분만에 다시 돌아올 것인가를 점치곤 한다. 다른 일에선 꼼꼼하다는 소리를 듣는 남편도 그런 허점이 있어 종종 웃음거리를 제공한다. 집 떠나기 전에 현관에 서서 "원 투 쓰리" 하며 뒷주머니의 지갑, 허리춤의 아이폰과 어깨의 서류 가방을 구호에 맞춰 챙기고서도 뭐든 한 가지는 빼놓는 것이다. 그나마 일찍 일을 시작하는 건축 현장 일을 오래 한 탓인지, 아침 늦잠은 개선되어 종종 나를 깨워주는 경지에 이르렀다. 감사할 일이다.

나는 약속이 잡히면 며칠 전부터 준비물을 미리미리 챙겨 차 트렁크에 넣어둔다. 만약의 경우뿐 아니라 만약의 만약까지 대비하느라 골머리를 앓는 편이다. 가지고 나갈 것은 몇 번이고 점검하고, 항상 20분 정도 일찍 가서 기다린다. 상대가 기대하는 것의 120%를 보여 주려고 애를 쓴다. 이랬던 나도 요즘은 머리가 오락가락하여 실수가 잦다. 여러 차례의 수술 후유증이라고 핑계를 대어 보지만 아무래도 노화현상이 아닐까 싶다.

곰국을 불에 올려두고 깜빡 잊고 교회에 갔다. 부엌의 자욱한 연기를 본 옆집에서 신고하였는데 집안은 사골 타는 냄새로 화장터 같았다. 창문은 뜯기고 소방관이 솥을 마당에 내팽개치고 갔다. 장 봐 온 것을 잊어버리고 차에 싣고 다니다가, 회덮밥용 재료가 차 트렁크 안에서 곤죽이 된 적도 있었다. 어쩔 수 없이 인정해야 하는 상황들이 나이 듦의 징조인가 하여 처량해진다.

인터넷을 검색해 보니 건망증과 치매 증상은 관련이 깊다고 한다. 치매를 방지하려면 등 푸른 생선, 카레, 잡곡밥, 와인이 좋단다. 카레가 주식인 인도에서는 치매 발병률이 1% 미만이고, 매일 포도주를 2~5잔 마신 프랑스의 할머니들이 머리가 좋다는 연구 결과가 나왔다니 흥미롭다. 치매 예방법이 친구 만나기, 집 청소, 뜨개질, 스포츠, 종교 활동, 책, 신문 읽기 등등 많기도 하나 그중에 먹는 예방법이 가장 마음에 드니 오나가나 먹는 것을 밝히는 증세는 못 말린다.

밥상을 물리자마자 며느리가 날 굶겨서 배고프다고 보채는, 미운 치매 할머니 될까 봐 심히 걱정되는 아침이다. 오늘부턴 카레에 와인 한 잔을 줄곧 식탁에 올릴까 보다. 음식궁합이 맞거나 말거나 간에.

chapter 2

밥의 향기

끝없는 욕심

회사의 야적장의 긴 담과 주차장 사이의 공간은 별로 쓸모가 없는 공간이다. 주차할 수 있는 공간인데도 외진 곳이어서 직원이나 방문객들은 그곳에 차를 세우지 않는다. 대형 쓰레기통과 기계실 사이는 조용한 공간이 된다. 우리는 하루에 한 번 쓰레기를 버리러 갈 때만 그곳으로 갈 뿐이다.

어느 날부터인지 모르게 홈리스(무숙자)가 한 명 잠을 자기 시작했다. 인적이 드문 곳이니 무숙자에겐 안성맞춤의 장소였으리라. 약간 거슬리기는 했지만 큰 방해도 안 될 뿐 아니라, 얄팍한 동정심이 발동하여 싫은 소리 않고 두었다. 여비서 쥬디는 흑인이어서 무섭다고 하기도 하고, 쓰레기 비우러 갈 때 가까이 가면 냄새가 진동한다며 코를 싸쥐곤 했다.

빈 박스를 구해와서 사방을 두르기도 하고 깔고도 자는 모양인지 누런 박스가 몇 개 쌓여있었다. 사무실에 새 의자를 사고 기다란 박스가 생겼길래 가져다주었더니, 박스 안에 들어가 자기에 좋다고 새 침대가 생긴 것처럼 좋아한다.

돈 안 들이고 좋은 일한 것 같고, 나의 배려심에 잠시 우쭐하였다. 그러나 그게 실수였다. 빈 상자까지 갖다 바치니 그곳에 살림 차려도 좋다고 허락한 것으로 알았는지 그다음 날 보니 여자 한 사람이 더 늘었다. 아침에 차를 주차하려는데 일부러 쫓아와 인사를 시킨다. 자기 걸 프렌드라나? 며칠 두고 보니 그저 잠시 방문한 걸프렌드가 아니라 아예 동거를 시작하는 걸프렌드인 모양이었다.

여자를 들이더니 살림이 늘기 시작했다. 빈 박스를 여러 겹 쌓아서 침대와 같은 기분을 내더니 어디선가 자동차에서 떼어낸 의자를 주워와서는 응접실도 만들었다. 둘이 앉아 끌어안기도 하고 낯 뜨거운 장면도 연출하더니 잠잘 때만 오는 것이 아니라 아예 살림을 시작하였다. 2인용 소파도 들여놓고, 먼저 주워온 자동차 의자에 나무로 된 스탠드형 옷걸이까지 세워 두었다. 그러고 나니 주차면적 세 개를 차지하고 있는 것이 아닌가?

여자의 살림 솜씨가 좋은지 이웃 마켓에서 슬쩍 해온 철제 카트에는 옷가지며 슬리핑 백에 텐트까지 살림이 가득했다. 그것도 모자라 카트의 쇠창살마다 비닐 주머니에 담은 살림을 주렁주렁 달아 놓았는데 한 주머니에는 바나나가, 한 봉지엔 빵과 음료수가, 또 다른 주머니엔 리사이클용 깡통들이 들어 있었다.

더 우스운 것은 아기용 접는 유모차도 하나 주어다가 카트에 달고 다니는 거였다. 운동화도 매달려있고, 사발시계도 얹혀있다. 움직일 때마다 같이 흔들리는 그들의 살림들은 서로 부딪치며 달그락 소리도 낸다.

나가라고 하기엔 살림이 너무 늘었고 미안하였다. 청소하는 이가 와서 일주일에 한 번 주차장을 물청소할라치면 가구는 둔 채 살림살이를 가지고 건너편에 가서 청소가 끝나기를 기다리곤 한다. 사무실 창 너머로 앞이 안 보일 정도로 살림이 가득 담긴 두 개의 카트를 밀고 쩔쩔매며 길을 건너는 두 내외를 보았다. 차는 마구 오고 가는데 카트가 너무 무거워 잘 굴러 가지가 않는다. 보다 못해 거들어 주려는 다른 이에게 몹시 화를 내는 모습이 보였다. 자기 짐에 손도 못 대게 하면서 뺏길까 봐 방어하는 모습이 역력했다. 무숙자의 카트에 담긴 짐이 무에 부러워 손을 댔으랴마는.

그 모습을 보면서 여러 가지 생각이 오갔다. 홈리스가 되었을 땐, 모든 것을 자의 건 타의 건 다 빼앗긴 상태였을 것이었다. 경험을 해보진 않았어도 홈레스라 하면 욕심이 없을 것으로 생각했었다. 그날그날 먹을 것만 해결하면 만족할 사람들로 막연히 여겼었다.

거지 아버지가 아들에게 "우리는 도둑맞을 염려가 없으니 행복한 사람들"이라고 했다는 말도 있지 않은가 말이다. 그러나 인간의 욕심은 컨트롤이 안 되는 것인가보다. 한뎃잠을 자는 마당에 그저 끌어모으는 흑인 무숙자를 보면서 나의 삶도 그들과 별반 다르지 않을 것이라는 생각이 들었다.

쓸데없는 악착을 부려 공연히 지니고 있는 것은 없는지, 무소유의 삶을 살아보겠다고 하면서 남들 모르는 숨겨져 있는 욕심은 없는지 생각해 보니 참 부끄러웠다. 우리 집에만 해도 정작 필요도 없는 물건과 물건이 얼마나 넘쳐나는가 말이다. 가구와 가전제품 사이에서 겨우 몸을 비집고 사는 격이 아닌지.

주위의 불평 때문에 "방 빼~"라고 이야기해야 하는데 내겐 큰 숙제이다. 시청에 이야기하면 그들은 무숙자 보호소로 수용이 되고, 살림은 청소차가 치워간다고 한다. 그들의 스위트 홈을 깨려는 나의 맘을 눈치 못 채고, 오늘도 흰 이를 드러내며 환하게 웃는 그들에게 "굿모닝~" 했지만 마음은 무겁다.

아가들아 잘 있었니?

"아가들아 잘 있었니?" 퇴근하여 현관을 들어서는 남편의 첫마디이다. 모르는 이들은 아마 손자나 늦둥이를 향한 인사인가 할 것이다. 하나뿐인 아들이 아직 아이가 없으므로 그럴 리는 없다. 남편을 알아본 것들이 벌써 난리법석이다. 첨벙하고 튀어 오르고 기척을 향해 몰려든다. 손바닥만 한 크기의 금붕어 다섯 마리가 꼬리를 심하게 친다. 이끼 먹는 못난이 메기 두 마리도 벽을 타고 슬금슬금 다가온다. 주인을 알아보고 세리머니를 하는 듯하다. 물고기도 생각 없이 사는 게 아닌 모양이다.

남편은 먹이를 다 먹도록 물끄러미 바라본다. 붕어가 밥 먹는 소리가 사람 못지않게 시끄럽다. 유난히 식사 시간에 쩝쩝거리는 소리에 민감한 남편이다. 함께 밥 먹는 이가 민망할 정도로 지적을 하곤 한다. 그런데 붕어의 입맛 다시는 소리엔 무척 관대하다. "그렇게 배가 고팠어?" 하며 어린아이 다루듯 안쓰러워하기까지 하니 말이다. 친절하기가 한량없고 부드럽기가 배(梨) 속 같다. 내 기억으론 마누라인 내게도 그렇게까지 상냥했던 적은 없는 듯하다. 붕어의 먹이도 가루로 된 것 과립으로 된 것을 섞어 먹이고, 물풀이나 조개를 넣어주는 등의 환경미화도 어항 청소도 지극정성으로 한다. 그래서 그런지 우리 집 금붕어는 횟감으로 써도 될 만큼 튼실하다.

한 컵 분량의 강아지라느니, 횟감용 붕어라느니 엽기적인 농담을 하는 나는 동물에 별 관심이 없다. 그렇다면 식물엔 취미가 있는가 하면 그도 아니다. 가끔 상춧잎을 따러 나가거나 토마토나 고추를 밥상에 올리기 위해 수확하긴 해도 물을 주거나 잡초를 뽑지도 않는다. 상춧잎을 뜯어 먹는 애벌레가 겨자를 싫어한다며 겨자즙을 스프레이한다기에 부엌에서 겨자를 갖다주긴 하였다. 하지만 텃밭의 관리도 남편의 몫이다.

별스럽지도 않은 이러한 일상의 조각들이 우리 삶의 풍경을 이룰 뿐만 아니라 삶의 지속성을 담보하고 있다. 그러나 낯선 것엔 불안하고 익숙하지 않은 것을 두려워하는 나는 애써 일을 만들지 않는다. 그저 무탈한 하루하루에 만족한다. 한마디로 '게으르다'는 말을 이렇게 우회하여 말하는 자존심이라니.

몇 년 전 영국의 BBC방송에서 'How to be Happy'라는 것을 제작했다. 그걸 엮은 것이 ' 다큐멘터리. 행복'이라는 책이다. 전문가 6인의 위원회가 연구한 친구, 돈, 일, 사랑, 섹스, 가족, 자녀, 음식, 건강, 운동, 애완동물, 휴가, 공동체, 미소, 웃음, 영성, 나이 들기 등 17가지 분야에 걸친 행복 지침서이다.

일에서의 성공, 일확천금, 권력이나 명성처럼 거창한 것이 행복이 아니라, 진짜 행복은 가족, 공동체, 사람에 대한 신뢰, 스트레스가 적은 출퇴근 환경처럼 훨씬 단순한 것이다. 크고 의미 있는 일만 소중하게 여기지 말고, 사소한 일일망정 정성을 다하고 그것을 마음의 닻으로 삼아 흔들리지 않는 삶을 살아야 한다고 권한다. 예컨대 식물 기르기, TV 시청 줄이기, 낯선 사람에게 미소 짓기, 애완동물과 친하기 등만으로도 사람은 지금보다 더 행복해질 수 있다는 것이다.

남편이 잠시 한국에 나가 있는 동안 금붕어 먹이 주는 일을 대신했다. 텃밭도 내가 건사했다. 늘 보아왔던 풍경으로 인해 내 안에도 일종의 귀속 감정이 생겼나 보다. 남편이 하는 지속적이고 반복적인 일들을 옆에서 구경만 했을 뿐인데도 시나브로 각인되었는지 수월하게 감당했다. 금붕어는 내게도 점프를 하며 반가워했다. 사람을 아는 머리가 아니라 먹이를 아는 거였다. 후레이크를 듬뿍 주며 나도 말을 걸었다. "붕어야 많이 먹어." 한국 고추에게도 말을 걸었다.

"애썼다. 너도 이민 왔구나?" 어느새 행복을 카피했다.

밥의 향기

어렸을 때, 우리 집에는 대청마루 한복판에 연탄난로가 있었다. 겨울의 기억일 것이다. 신문사에 다니시는 아버지는 글 쓰는 것이 직업인지, 술 마시기가 직업인지 모르게 늘 술에 취해 늦게 오셨다.

이른 저녁을 먹고 우리가 잠이 들 무렵이면 어머니는 아버지를 위해 따로 밥을 지으셨다. 난로 위에 끓이는 냄비 밥이다. 적당히 그을린 노란 양은 냄비가 생각난다. 거기에서 맛있는 밥 냄새가 나면 다시 뱃속에서 쪼르륵 소리가 나면서 입맛이 다셔졌다. 그건 밥 냄새가 아니라 밥의 향기라고 해야 옳았다.

먹거리가 많지 않을 당시. 우리 네 남매는 아버지 오시기만을 눈 빠지게 기다렸다. 드디어 아버지가 오셔 상을 받으시면, 자다 깬 네 남매가 상 주위로 몰려든다. 갓 지은 밥과 우리가 먹던 것보다 돼지고기가 더 들어간 김치찌개, 구운 꽁치나 고등어 한 토막이었을 것이다. 새우젓국을 넣어 찐 계란찜 같은 것도 가끔 있었지 싶다. 아이들의 시선을 받으며 끝까지 밥을 다 해치우는 비정한 부정은 없으리라.

조금만 드신 아버지가 상을 물리면 네 아이들이 달려들어

태풍이 지난 것 같이 밥상을 쓸곤 했다. 그러면서 늘 우리 아버지는 입이 짧아 식사량이 적어 좋다고만 생각했었다. 그 시절엔 하루에 밥 세 끼 먹는 것을 큰복으로 여겼었다. 그래서 오죽했으면 인사가 "식사하셨습니까"일까. 쌀로 지은 밥을 유아기부터 늙을 때까지 '하루 3식' 하던 것이 보통이었다.

한국도 마찬가지겠지만 점점 밥 먹는 이들이 줄고, 이민 연수가 늘어감에 따라 식생활 패턴이 많이 달라졌다. 그럼에도 밥 먹는 일에 관한 한 하루에 한 끼정도는 밥을 먹어야, 정서적으로 안정감을 누릴 수 있는 우리가 아닌가 한다. 세계 인구의 반은 쌀을 주식으로 삼고 이들의 대부분은 아시아계의 인구이지만, 점점 아시아에서의 쌀 소비는 줄어드는 반면 서구인들의 식생활에서는 쌀을 찾는 인구의 비중이 높아져, 쌀을 조리할 수 있는 동양계의 요리사가 각광을 받고 있다고 한다.

절대적으로 필요한 공기나 물처럼 아직까지는 필수적인 쌀도 드넓은 캘리포니아 곡창지대에 사는 때문인지 쌀을 대수롭지 않게 생각한다. 귀하지 않은 쌀로 만든 밥이 무슨 매력이 있는가 말이다. 2인용 밥솥이어도 항상 밥이 남아서 버리게 된다. 밥이 아깝다는 생각도 없이 마구 버려왔다.

혹 저녁밥을 스파게티나 스테이크를 먹고 나면, "온 밤 잠이 깊이 안 든다"는 이도 있고 열흘 넘도록 밥 한 톨 안 먹어도 사는 이곳의 한국 아이들을 보면 "어쩐지 내 새끼 같지 않다"고도 한다. 밥에 대한 '향수파'이거나 '수구파'들이다.

이곳에서 태어난 아들아이는 밥을 별로 좋아하지 않는다. 밥보단 멕시코음식인 타코나 부리또, 미국음식인 햄버거나 프라이드 치킨, 이태리음식인 피자나 스파게티를 더 좋아한다. 가끔 타이 음식이나 월남음식을 사먹기도 하는 모양이다.

집에 와서 부엌의 막힌 하수구를 고쳐주던 한국분이 계시다. 연세 많으신 교회 장로님이시다. 저녁 시간이 되었기에 식사를 권해보았다. 그만 두신다 사양할 줄 알았는데, 뜻밖에 그러마고 하신다. 사실 난감했다. 밥은 하고 있었지만 반찬이 마땅치 않았기에.

"어쩌지요? 반찬이 없어서요."

"반찬이 없어도 좋습니다. 밥에서 나는 향기 때문에 염치 불고하고…."

그러면서 웃으신다. 부인과 얼마 전 사별하였다는 그분은 오래된 밥통의 누렇게 변한 밥을 주로 드시고, 가끔 햇반을 드시기도 한단다. 갓 지은 밥 냄새를 맡으니 거절할 수 없었노라고 하셨다. 이것저것 밑 반찬을 꺼내어 권해도 순수한 밥의 맛을 느끼고 싶다시며 밥만 드신다.

"밥이 이렇게 향기롭고 맛있을 수 없다"고 하시면서.

우리는 얼마나 빈번히 우리가 가진 귀한 것을 미처 깨닫지 못하고 사는지 모른다. 만일 그 수를 하나하나 헤아릴 수 있다면, 아무리 고단한 삶일지라도

사는 일은 복된 것이라 말하지 않을 수 없을 것이다. 매일 맡게 되는 밥의 향기에서도 삶은 즐거울 수 있지 않을까?

마음을 찍다

하릴없이 방바닥에서 뒹굴며 노는 것을 '엑스레이 찍는다'라며 우스갯말을 하곤 했다. 그러한 놀이를 소원하였다. 최상의 휴식 방법이라고 생각하는 나는, 여행을 가서도 방바닥에 엑스레이를 찍다가 엎드려 책도 보면서 쉰다.

이번 한국 방문에서는 진짜 엑스레이를 수도 없이 찍었다. 소원풀이를 한 셈이다. 엑스레이로 각 뼈마디를 찍고, 전신 스캐너로 속속들이 장기를 찍고, 튜브 속으로 밀려들어가 혈관까지 상세히 찍었다. 그때마다 아산병원의 간호사나 기사들은 "만세를 부르세요" 하고 주문한다. 두 손을 위로 뻗치고 몸을 기계에 밀착시켜야 바른 자세라는 것이다. 잠시 호흡을 멈추고 찍고 다시 멈추고 찍고를 반복하였다.

자세는 "만세"인데 찍을수록 마음은 편치 않은 것이다. 유관순 열사의 독립만세는 할수록 기개가 더 해가지만, 검사실의 '만세'는 근심이 더해지는 것이다. 싸우기도 전에 항복을 하는 기분이랄까?

찰칵거리는 기계음 사이에 지나온 세월이 찍힌다. 기계 앞에선 말 잘 듣고 고분 고분까지 하면서 사람에겐 항복하지 못

하고 살아온 날들을 기억했다. 뻔한 잘못에도 "미안하다"고 시인을 안 해 불편했던 자존심 대결이 무릇 얼마이던가. 나의 어리석음을 똑 닮은 아들아이에게서 'sorry'라는 단어를 받아내기 위해 열을 내고 닦달했던 일을 후회했다.

만세를 부르며 항복을 생각하는 나의 이율배반. 엑스레이에 내 마음도 찍혔다.

조련사와 곰탱이

우리 집 달력 귀퉁이엔 자전거 5, 뒷마당 10, 수영 20 이런 암호가 적혀있다. 이 난수표의 해석은 어렵지 않다. 운동용 자전거 타면 5불, 뒷마당 계단 오르내리면 10불, 수영 다녀오면 20불을 남편이 내게 지급한다는 약속이다. 운동이라곤 숨쉬기 운동밖에 모르는 나를, 억지 운동이라도 시키고자 만든 남편의 고육지책이다.

평소에도 머리를 쓰지 왜 몸을 쓰냐는 것이 내 지론이었다. 머리 나쁜 이들이 사서 몸 고생을 한다는 주장하곤 했다. 그러다가 이식 수술 후 운동만이 살길이라는 의사 선생님의 지시로 '살기 위한 운동'을 해야만 한다.

내가 오로지 할 수 있는 운동은 수영이다. 중학교 때부터 학교에 수영장이 있던 터라 체육시간에 수영을 배웠다. 요즘같이 더운 날엔 더위도 식힐 수 있어서 스포츠센터에서 조금씩 수영을 하는 중이다. 남편은 30회 왕복을 하는 동안 나는 10회 왕복이 고작이지만 더 이상은 기진해서 하지 못한다.

그것도 큰 생색을 내며 안 해도 될 운동을 남편 위해 해주는 듯 유세를 떨고, 어떻게 하면 빼먹을까를 머리로는 늘 연구하고 있다. 감기 기운이 있다거나, 손님이 오기로 했다거나, 전화 받을 일 등의 핑계는 이미 다 써먹은 방법이다. 보다 못한 남편이 상금을 건 것이다. 요 며칠 동안의 성과로 보아선 성공적이다. 나를 위해 꼭 해야 되는 운동을 하면 공돈이 생기니 웬 떡인가 싶다. 그 돈으로 교회에서 예배 후의 친교시간에 아이스커피 열 잔을 쏘기도 했다. 작심 3일이 아니라 작심 3시간 정도인 나의 인내심으로 비추어 보건대 대성공이다.

수영을 가지 못한 날엔 실내에서 자전거를 탄다. 10분 타면 5불을 벌 수 있으니 꿩 대신 닭으로 쓰고 있다. 대추를 따러 손님들이 자주 오는 요즘엔 뒷마당의 계단도 남들 따라 저절로 내려가게 된다. 그것도 한 차례 내려갔다 오면 목적과 관계없이 10불을 준다니 쏠쏠한 벌이이다. 남편의 주머니에서 나오니 '주머닛돈이 쌈짓돈'인 셈이고 '소경 제 닭 잡아먹기'이나 돈이 걸릴 때와 안 걸릴 때가 확실히 다르다. 동기부여에는 역시 상금이 최고이다.

회사에서 일할 땐 한 달에 두 번씩 받는 고정수입이 있어서 용돈을 마음 놓고 썼다. 일을 하지 않는 요즘엔 필요한 건 카드로 뭐든 사라고 하지만, 현금을 손에 쥐고 하는 나만의 오롯한 쇼핑 재미는 물 건너갔다. 돈 쓰는 일이 곁방살이하듯 눈치도 보이고 자린고비 남편에게 일일이 영수증을 제출하는 것도 성가시다. 그러던 터에 운동 상금에 약간 숨통이 트였다.

“자전거타기 오전 오후 두 번 10불에 뒷마당 두 번 20불, 수영하기 20불 오늘의 수입 토탈 50불” 저녁때 남편에게 보고하고 결재받으려는 데 온몸이 쑤신다. 돈에 눈이 멀어 너무 무리를 한 탓이다. 에구구.

남편은 나를 훈련시키는 조련사가 되었다. 자전거를 타러 기어오르다 보면, 곡마단의 재주넘는 곰탱이가 생각이 난다. 재롱을 부려 주인님을 기쁘게 하여 별식을 하나라도 더 받아먹으려는 곰의 마음을 알 것 같다. 이걸 ‘win win’이라 할 수 있을 까마는, 억지 춘향도 때론 필요한 것이 우리네 삶인가 싶다.

나 가정대학 나온 여자야

대학 졸업반인 조카를 작년 12월 한국에서 만났더니, 입사 시험을 치른 무용담을 이야기하기 바쁘다. 한국의 유수 대기업은 모두 면접을 보러 다녔단다.

신촌의 여대를 다니는 조카에게 면접관들은 하나같이 "나 이대 나온 여자야." 이 말을 어떻게 생각하느냐고 묻더란다. 하도 여러 번 같은 질문을 받자, 공연히 화가 나서 왜 회사마다 그런 유치한 질문들을 하시느냐고 따졌단다. 긍정적인 뜻이 들어 있지 않아 학교에서도, 학생회에서도 삼가는 말이라 했다나? 그걸 계기로 면접관과 여러 대화가 오가고 조카는 그 회사에 합격이 되어 연수 중이다.

오래전 〈타짜〉라는 영화에서 도박판을 벌이다 감옥에 가게 된 정 마담의 대사로 유명했다. 그래서 이대 나온 여자건 아니건 장난삼아 많이 쓰던 유행어였다. 요즘도 동창끼리 만나 실수했을 때 "왜 이래, 나 이대 나온 여자야" 하면 웃음으로 서로 용서가 되기도 한다.

이대에서는 그 유행어를 방송에서 쓰지 말아 달라고 청했다고 한다. 그런다고 사람들이 쓰지 않을 리 없지만, 그 유행어가 좋지 않은 일에 변명으로 쓰일 때가 많고, 내세울 것 없는 이가 학교에 묻어가는 것 같은 뉘앙스를 풍길 수 있어서 졸업생들은 쓰기에 조심스럽다.

나는 그걸 변용해서 "나 가정대학 나온 여자야." 버전으로 자주 쓰곤 한다. 형편없는 살림 솜씨에 놀라는 남편에게 "네가 살림을 알아?" 이런 뜻으로 읊조린다. 나의 요리 실력에 의문을 표하는 아들에게도 "나 가정대학 나온 여자야"를 써서 군말 말고 먹기를 강요한다. 사실 가정관리 전공에 식품영양학 부전공을 한 가정주부가 몇이나 있겠는가 말이다. 평생 '수퍼을'의 위치로 살아온 내가 할 수 있는 유일한 '갑질'이다.

며칠 전 교회의 식사 총괄 장로님이 근심스러운 표정으로 내게 오셨다. 집사님 구역이 새해 첫 식사 당번인데 괜찮으시겠어요? 걱정 마세요. 어차피 돌아올 당번인데요. 뭘. 아니 첫 주여서 떡국을 온 교인에게 대접해야 해서요. 1, 2, 3부 모든 교인에게. 글쎄 괜찮다니까요. 하도 못 미더워하시기에 "저 가정대학 나온 여자예요." 했더니 농담이 아닌데 모두 웃었다.

정작 가정대학 운운하던 나는 한 박스의 파를 썰 때 거들었을 뿐이고, 고기를 잘게 썰었으며 고명으로 김 가루를 뿌렸을 뿐이다. 모든 구역 식구가 합심해서 600인분의 떡국을 성공적으로 끓였다. 모두에게 칭찬받은 맛을 책임진 집사님은 식당 경험이 많으신 분이었다. 그러게 책상머리 공부는 별 소용이 없다.

가정학이라는 학문은 더 이상 존재하지도 않는다. 졸업생들의 연판장 서명에도 불구하고 모교에서는 폐지되었으며, 그 대신 공대 발전에 중점을 두기로 했다나? 여대에 공대라니 낯설긴 해도 조카는 공대 전자공학과 출신으로 취직도 척척이니 격세지감이 아닐 수 없다.

비록 식구를 대상으로 한 '갑질'일망정 더 이상 "나 가정대학 나온 여자야"는 먹히지 않게 되었다. 나의 어설픈 '갑질'과 새해엔 작별을 고하는 바이다.

이름에 담긴 뜻처럼 산다면

야구연습장의 기계가 고장이 나서 수리공을 불렀다. 부속을 갈아야 한다며 명함을 주는데 이름이 Steve Fullylove이다. 아프리칸아메리칸이다. 아프리카 사람들은 인디언처럼 이름에 고운 뜻을 가지고 있다. '날 때부터 용감한 이' '하늘이 기뻐한 자' 등등의 뜻이 이름 속에 있다나? 미국에 와 귀화할 때 그 이름 뜻대로 성씨를 창립하기도 한단다.

Smith나 Brown 같은 흔한 이름 속에서 Fullylove라는 예쁜 성씨의 흑인남자를 만나는 것은 신선하다. 이곳 로컬 방송의 여성 앵커는 흑인인데도 Beverly White 이라는 이름을 가져 항상 내가 그 이름 때문에 쿡 하고 웃으면, 옆에 있던 남편에게 핀잔듣는다. 흰 피부를 갈망한 그들 선조의 소망이 담겨있을 수도 있고, 아니면 White 씨 집안에 입양된 경우도 있을 수 있으니 검은 사람인데 이름이 하얗다는 이유로 웃는 건 실례라는 것이다. 이럴 땐 남편이 내 경망함을 다스려주는 선생이다.

우리 아이는 다윗 왕에 대한 성경공부할 때 태어나서 이름이 'David'이 되었다. 물론 한국 이름은 항렬에 따라 지었다.

남편과 나는 미국 시민권을 가지면서도 이름은 한국 이름을 그대로 썼다. 그러니 나의 '조앤'이라는 이름은 부르는 이름일 뿐이지 법적인 이름(legal name)은 아닌 것이다. 시인 나태주 선생님께서 내게 '愛日'이라는 예쁜 애칭도 지어 주셨건만 쓰기가 쑥스럽다.

원래의 이름으로 한국에서 살 때와 미국 와서 조앤으로 살 때가 많이 다르다고 종종 생각한다. 한국에서 살 땐 그래도 남을 의식하고 점잖게 산 데 비해, 미국에 와서 조앤으로 살면서는 아무래도 프리한 사고방식으로 거리낌 없는 인물로 살게 되었다. 조신한 것과는 먼 사람이 되어버렸다.

힐러리 로댐 클린턴처럼 자기의 이름을 늦게까지 고집하는 전문직업 여성도 있으나, 이곳의 한인 여성은 대체로 남편 성을 그대로 순종하여 따른다. 요즘의 한국의 진보 여성들 가운데는 성씨를 둘 다 쓰는 걸 보았다. 이름에 성이 둘이면 두 몫을 한다는 소리인가?

아무튼 나의 예쁜 이름도 '임'가에서 남편 성인 '이'가로 바꿔 달면서 흔한 이름이 되었다. 시인인 아버지가 심사숙고하여 만든 내 이름은 수정 '晶'에 맑을 '雅'를 쓴다. 맑고 맑다는 뜻을 가진 '정아'라는 이름은 내가 태어날 당시엔 흔치 않았던 이름이었다. 시인이자 극작가이기도 했던 나의 고모부 이인석 씨가 자신의 라디오 드라마의 주인공 이름으로 차용해 썼다는 일화가 있다. 그런 후 아버지의 친구였던 김남조 시인이 자신의 딸의 이름을 나와 한자도 똑같게 지었다. 오래전 일이다.

이순이 지나도록 살며 때가 탈대로 탔겠으나, 맑고 맑은 나의 이름처럼 살면 얼마나 좋을까. 나의 글과 내가 갖고 싶다는 소원을 이루는 투명한 글을 쓰고 싶다.

누구나의 이름엔 좋은 뜻이 들어 있다. 그 뜻대로 살 수만 있다면 참 좋을 것이다.

불량품

의사로부터 신장이식을 해야 한다는 선고를 받고 나서는, 세상이 다 끝났다 싶어 울며불며 지냈다. 친구들도 교인들도 위로차 방문해서 함께 붙들고 기도하며 눈물바다를 이루었다. 사무실 뒤편의 은밀한 장소에서 그랬어도 단체 울음소리에 놀란 직원들은 무슨 일인가 의아하게 바라보곤 했다.

시간이 약이 되는 것인지 몸 상태가 호전된 것은 아닌데 마음이 점차 안정이 되어간다. 내 힘으로 고칠 수 없는 것이면 그냥 받아들이자고 생각을 바꾸니 훨씬 마음이 편해졌다. 생김새, 부모, 형제, 선천적인 질병 등의 타고난 것은 수단을 써서 변경 가능한 것이 아니지 않는가 말이다.

나의 병도 그랬다. 선친과 같은 약한 신장을 갖고 태어난 것이다. 신장기증자를 형제나 자매 가운데 찾는 것이 가장 좋다는데 나의 남동생 셋은 모두 나와 같이 좋지 않은 신장을 가지고 있어서 나누어 가질 형편이 되질 못 하였다. 다행히 혈액형이 같은 남편의 것을 받기로 하고 일단 큰 걱정을 덜었다 싶었는데, 이곳 UCLA 의사와 상담을 하니 50세 넘은 사람의 신장은 받지 않는 걸 원칙으로 한다나?

내가 다급한 마음에 "겉은 50이 넘어도 건강관리를 잘해서 속은 젊다."고 의사에게 애원하듯 매달리니 내가 생각해도 우스웠다. 토끼 간을 빼먹으려는 거북이가 된 듯 별주부전이 생각난 탓이다. 알배기 꽃게를 파는 어물전 아주머니가 까보면 알이 많다고 호객하는 것과 다를 게 무언가 말이다.

같은 학번으로 생일이 늦을 뿐인 남편을 어리다고 타박하고 종종 놀리곤 했는데 "이럴 줄 알았으면 더 영계와 결혼할 걸 그랬다."는 푸념이 나왔다. 가족 중에서 찾지 못하면 신장센터에 기증자가 나타날 때까지 기다려야 한다. 그 기간이 평균 5년 이상이라니 대단한 인내심이 필요하다. 하나님이 참을성 없는 나를 이번 기회에 혹독하게 훈련시키시려 작정한 듯 싶다.

연휴에 으레 떠나는 맘모스 스키여행을 올해는 가지 못했다. 지난밤까지도 가려고 짐도 쌌는데 며칠 전부터 몸 상태가 좋지 않은 것이다. 일 년 전에 예약을 해둔 것이라 취소도 불가능하고 해마다 아들과 남편은 스키여행을 손꼽아 기다리지 않던가? 미안해하며 떠나는 두 부자를 보내고 나니 마음이 쓸쓸했다.

주변의 친지와 교인들은 새벽기도로 중보 기도로 혹은 단체로 순번을 돌아가며 나를 위해 기도한다. 한국의 가족과 친구들도 그러하다. 기도의 사슬이 든든하다. 그에 비해 정작 당사자인 나는 그러하지 못하였다. 기도를 해야 하는 줄 알지만, 마음은 여전히 갈피를 잡지 못하고 막막하여 기도도 나오지 않는다.

마침 기회가 좋았다. 아무도 없는 빈집에서 하나님께 기도하리라 결심했다. 지나온 날을 감사하기도 하고 지금의 처지를 울며 하소연도 하였다. 그러다 보니 이런 생각이 드는 거였다. 유전적으로 약한 신장을 갖고 태어난 것을 원망하곤 했는데, 날 때부터 가지고 나온 것이면 하나님이 불량품을 내보낸 것이 아닌가 싶었다. 돌아가신 친정아버지는 공정에 약간 힘을 보태었을 뿐 원자재는 하나님이 만드셨을 테니 공연히 친정아버지를 탓할 일이 아닌 것이다.

배꼽은 '메이드 인 헤븐'을 표시하는 하나님의 손도장이라고 어느 글에서 읽었거늘, 아직도 내 복부 한복판엔 검수 낙관이 엄연히 존재하는 터이다. 디펙트(Defect)에 도장을 찍은 것이면 하나님이 책임져야 할 일이 아닌가? 나의 이 신통한 생각에 처음엔 울음으로 시작된 기도가 슬며시 웃음으로 변하였다. 하나님이 반드시 고쳐주셔야 할 이유를 발견한 것이다.

주님께 당당히 기도했다.

"불량품을 책임지세요. 나는 몰라요."

짐을 모두 벗은 듯 참 후련하였다.

멍멍 개소리

개무시, 개망신, 개수작 등등의 단어는 개를 하위에 두고 만들어낸 조어이다. '개'라는 접두어 때문에 더 상태가 악화되어 보인다. 언제부터인가 '매우' 대신 '개'를 쓰면 훨씬 의미가 강조되어 그 뜻이 더 개떡이 되곤 한다. 그럼에도 사람들은 갈수록 개를 사랑한다. 고독한 현대인들의 힐링을 위한 반려동물인 듯싶다.

조카가 거의 두 달의 휴가를 마치고 한국으로 돌아가는 짐을 싼다. 며칠째 글렌데일 갤러리아와 아메리카나 몰을 출근하듯 다니더니 제 가족들과 우리 식구들에게 줄 선물을 사 온다. 조카의 친구들도 페이스북을 통해 선물을 기대한다 어쩌고 하니 돌아와선 또 나가고를 반복 중이다.

어젠 LA 다저스의 로고가 새겨진 작은 옷을 사 왔다. 뉘 집 아기 선물이니? 했더니 자기 집 막내 거라나? 네 집의 막내는 너 아니냐? 하니 막내이자 서열 1순위인 '콜라' 것이라고 한다. 그러고 보니 그 애 집의 까만 푸들 이름이 콜라인 것이 생각났다. 그러더니 "고모, 이것 보세요. 우비도 샀어요." 한다. 방수천으로 된 모자 달린 옷이다. 어쩐지 그 옷들이 뒷 기장이 길다 했더니 등과 꼬리 부분까지 커버하는 개옷이었다.

털 달린 짐승은 털로 자기 보호도 하고 체온 조절도 한다는데, 그 털이 자연산 피부이며 옷이건만 운동복이 웬말이며 레인코트는 뭔 웃기는 짜장면 같은 이야기인가 말이다. "이런 개뿔!" 이 말이 절로 나온다. 거기다가 모든 선물이 세일 가격인 데 비해 이 개 옷들은 할인도 안 된 가격이어서 사람에게 줄 선물보다도 비싸다. 그 집의 서열 1위에 걸맞은 선물일세. 헐.

예로부터 개는 사람과 친한 동물이어서 개와 관련된 속담도 많다. "하룻강아지 범 무서운 줄 모른다." "서당 개 삼 년이면 풍월을 읊는다." "지나던 개도 웃겠다." "풍년 개 팔자." 등 서민적이고도 친근한 개가 등장한다. 이러던 개가 지금은 족보니 애완견 호텔이니, 개 유모차에 애견 카페, 애견 유치원까지 개주인의 수준을 가늠하는 척도가 되기도 한다. 개 팔자가 상팔자라더니 사람인 나도 '요즘개'가 부럽다.

개는 개답게 키워야 된다는 모토의 남편은 모든 개를 집안에 들이는 걸 싫어한다. 자고로 개는 마당 구석의 개집에서, 주인이 먹다 남긴 음식인 개밥을 먹어야 한다는 주장이어서 우리 집엔 애완견이 이전에도 앞으로도 없을 전망이다. 개를 예뻐하고 사람으로 대우하는 이들에겐 개박살 날 이론이긴 하지만, 나도 개에게 쏟는 시간이나 정성을 사람에게 쏟자는 주의여서 개를 극진히 사람처럼 모시는 사람들과는 코드가 맞진 않을 것이다.

나는 개보다 사람을 더 좋아할 뿐이지 개를 학대하거나, 보신탕을 먹진 않는다. 내 주변엔 좋은 이들이 많다. 신장 주치의인 닥터 송도 개띠이고, 자주 드나드는 옷집 사장님 순실 씨도 개띠이다. 베스트프렌드인 로빈 엄마도 개띠. 그밖에 친한 이들 중에 개띠가 많다. 개보단 개띠 사람이 좋다. 쓰다 보니 개소리만 썼다. 멍멍!

BS/AS

한국에 와서 병원 진료를 받는 동안 머무르는 숙소는 분당 정자동의 오피스텔이다. 숙소의 큰 통창으로 탄천을 바라보는 재미가 쏠쏠하다. 잿빛개울이라는 별로 낭만적이지 않은 이름과는 달리 아기자기하게 꾸며져 산책로로 안성맞춤이다. 징검돌이 놓인 사이로 팔뚝만 한 잉어가 몰려다녀서 오리와 두루미 온갖 물새들의 집합장소이기도 하다.

오늘도 날개 끝에 검정 바이어스를 두른 흰색 두루미와 검정 날개를 펼치면 독수리처럼 위용 있는 재두루미가 모래톱으로 마실 나왔다. 멀리서 보면 우아해 보인다. 가까이서 보면 물속에 머리를 넣다 빼며 외다리로 서서 분주히 먹이를 찾느라 바쁘다. 들고 있는 한 다리는 먹이가 오면 덮치기 위해 준비하고 있는 것이라고 동물잡지에서 읽은 적이 있다.

오직 동물이 겸손해질 때는 먹이를 위해 고개를 숙일 때라고 한다. 먹을 때 고개를 숙이는 것은 인간도 마찬가지지만, 인간은 다른 동물에는 없는 '체면'이라는 것을 중시하기에 겸손해지기가 쉽지 않다는 것이다. 사람이 사람 앞에 숙이는 걸 싫어하는 이유는, 고개를 숙이면 무시당할까 겁이 나서일지 모른다. 잠재된 열등감의 다른 표현이라고 들었다.

높은 곳에 오르려면 낮아져야 하고, 낮아진 후에야 그 반동으로 더 높이 오를 수 있는 한 수를 탄천의 온갖 물새를 보며 배운다. 힘차게 날던 새도 때가 되면 땅으로 내려오고, 울울 청청하던 나무들도 때가 되면 잎을 떨어뜨린다. 높은 곳에 올라서 영원한 게 무엇이 있던가? 사람도 언젠가는 마침내 흙과 섞이게 마련이고 거름이 되어 자연으로 회귀하지 않는가 말이다.

인류의 역사가 BC/AD로 나뉜다면 나의 인생은 BS/AS로 구분해야 한다. BS(before surgery 수술 전)와 AS(after surgery 수술 후)로 나누어야 할 것이다. 얼마 전의 신장이식 S를 말하는 것이다.

돌아보니 바보짓은 모두 BS 시절의 일이었다. 자고가 넘쳤던 교만의 시절이다. AS에는 수술시의 고통과 고독의 경험이 약간의 심적인 변화를 준 듯하다. 아직도 많이 부족하지만, 죽고 사는 일이 아니면 개인적인 것은 더러 포기하게 되고 타자를 조금 더 수용하는 여유가 생겼다. 아프고 나서 인생의 팁을 얻은 것이다.

그래서 남들에게 "아파 봐, 얻는 게 있을 거야." 하고 싶지만 건강한 이들에겐 저주로 들릴까 봐 조심하는 중이다.

남편에 대한 태도도 많이 바뀌었다. 수술 전엔 적지 않은 나이에 과잉운동증후인 듯한 남편이 못마땅했다. 건강을 위해 이것저것 챙겨 먹는 것도 우스웠다. 건강에 대한 설교를 펼치면 "오오, Jesus Lee 당신이 다 옳아."라고 놀리며 듣지 않았다. 그러나 그 선견지명으로 내게 신장을 기증해도 될 건강을 유지한 것이 고마워서 이젠 존경 모드로 바뀌게 된 것이다. 같은 학번이지만 월상의 마누라에게 구박받던 처지가 천지개벽한 셈이 된 것이다.

높은 곳에 떠 있기 위해서는 뱃속을 비워야 한다. 멀리 가기 위해서는 낮고 가벼워야 하리라. 굳이 아프고 나서 깨닫는 어려운 길을 택하지 말았으면 좋겠다. 되도록 빨리, 허영심에 가득한 자아와 세상의 순리가 만나 조화를 이루길 바란다. 이 말은 아직도 아픈(덜 깨어진) 내가 나에게 하고 싶은 말이다.

BS/AS로 나는 좀 더 낮아지고 남편은 인생 역전이 되었다.

사람과 사람 사이

아침 출근길 101번 할리우드(Hollywood) 프리웨이에서 110번 하버(Harbor) 프리웨이로 갈아타야 하는 길은 늘 어렵다. 모이고 갈라지는 8차선의 큰 도로여서 맨 오른쪽으로 진입한 나는 차선을 대 여섯 번 빠르게 바꾸어야 왼쪽편 110번의 가장자리라도 걸칠 수 있다. 나처럼 겁이 많은 사람은 차선을 쉬이 바꾸지 못하므로 내가 초조한 것은 둘째치고 다른 차의 진행도 방해하는 셈이어서 좋은 운전자는 아니다. 겨우 겨우 제대로 된 차선에 들어서야 한숨이 쉬어지고, 그제야 비로소 앞차와의 간격이니 안전거리니 하는 것에 신경을 쓰게 된다.

달리는 자동차가 안전 운행을 하려면 차 간에 간격이 필요하듯이 우리가 살아가는 환경이나 사람 사이에도 간격이 필요한 것이 아닐까. 학교에선 수업과 수업 사이에 쉬는 시간이 있으며 계절도 예외는 아니어서 새봄이 오기까지 세 계절의 간격이 있으니 해마다 오는 봄이 새로운 것이다.

사람 사이도 너무 가까우면 싫증이 나기 마련이며 예의에 어긋나기도 쉽다. 전깃줄에 앉아 있는 참새도 비둘기도 자기 날개를 펼칠 만큼의 간격을 두고 앉는다지 않은가? 그러니 상대와의 간격 유지는 삶의 지혜가 아닐까 한다.

젊은 날 읽은 칼릴 지브란의 시들은 한 편 한 편이 내게 보석처럼 다가왔다. 특히 '예언자' 부분에 나오는 "부부 사이에 산들바람이 불게 하라."는 구절은 은연중에 내 마음에 파고들어 결혼하면 그대로 하리라 생각했다. 대학을 졸업하고 바로 한 결혼에서 아무래도 나는 나긋나긋한 신붓감은 아니었던 듯하다. 간섭을 받기 싫어하는 나는 결혼 후에 받게 될 남편의 간섭이 제일 불편할 것 같았다. 그래서 간섭받기 싫으면 간섭하지 말자 대략 이런 작전을 세워 두었다. 바가지 하나는 긁지 않겠다 뭐 그런 맹세 아닌 맹세를 한 셈이다. 이후 그 맹세가 완전히 지켜졌다고는 할 수 없어도, 그 본래의 취지는 잊지 않고 살았다.

그리 살아와서 그런지 남편이 여행 중이라거나 출장 중이어도 아쉽지도 보고 싶지도 않다. 이번에 시아버님의 병환으로 일주일간 남편이 한국을 가야 했는데, 늘 그렇듯이 내겐 심호흡의 기회였다. 남편이 없으니 내 주변엔 더 시원한 바람이 불었다. 평소에 둘 사이에 불던 산들바람과는 다른 속 시원한 바람이었다. 공기가 맑아진 것 같기도 하고, 코끝까지 시원해지는 것이 살 것 같았다.

나는 겨울에도 난방을 할망정 창문으로 신선한 공기가 들어와야 살맛이 나고, 강의나 강연을 들을 때도 옆자리가 비어 있어야 숨통이 트인다. 그러니 타고난 간 격론자인 셈이다.

교회에 가서도 자리가 부족하지 않으면 부부가 꼭 붙어 앉질 않고 한 칸을 떼어 앉는 것을 원칙으로 한다. 그러면 남들은 두 분이 다투었냐 어쩌냐 하고 묻기도 하지만 그냥 웃고 만다. 요즘엔 남편이 예배를 촬영하는 카메라맨으로 봉사하므로 혼자서 편하게 설교를 듣고 자유로이 예배를 즐길 수 있어 좋다.

나는 이 간격을 다른 사람과의 관계에도 적용하며 산다. 수시로 살갑지 않다 뻣뻣하다는 평을 듣지만, 오래 아는 이들은 그랬기에 오래갈 수 있었다는 걸 알고 이해한다. 조금 안다고 엎드러지고 안기고 감기고 하다 보면 금방 징그러운 사이가 되고 마는 걸 많이 봐왔다. 겉으론 덤덤해도 안으론 살가운 사이, 아닌 듯 보여도 진짜 친한 사이로 사는 것이 요즘 말하는 cool한 사이가 아닌가 싶다.

베란다 문 너머로 낮의 여운인 붉은 노을이 황홀하다. 아침을 시작하는 새벽 미명도 서늘하도록 곱다. 하루를 시작하고 끝내는 자연의 간격인 것이다. 역시 적당한 사이 안에는 여유로운 아름다움이 들어 있다.

내가 장애인이 되어보니

교회에 가서 내가 앉는 자리는 출입문과 가까운 자리입니다. 예전엔 훈련된 왕실 신장을 가졌다고 해서 로열 키드니(royal kidney)라 불릴 정도로 하루종일 생리현상을 참을 수 있었는데, 요즘은 예배 시간이 길어지면 염치 불고하고 중간에 한번 화장실을 다녀와야 합니다. 한 시간 반 정도의 참을성만 나의 방광이 허락하기 때문이지요. 전에 받던 투석으로 인해 방광의 용량이 줄어들었다고 합니다.

출입문 가까운 곳은 장애인 전용좌석입니다. 앞자리의 청년은 가끔 설교 시간에 큰 소리를 내기도 하고 몸을 혼자서 잘 가누지 못합니다. 엄마의 시선은 늘 청년을 향하고 잠시도 눈을 떼지 않습니다. 옆자리엔 다리가 불편한 꽃미남 청년도 있습니다. 예쁜 엄마는 늘 미소를 잃지 않고 아들을 돌봅니다. 오랫동안 아픈 7살 꼬마도 있습니다. 젊은 엄마가 찬양팀에서 봉사하는 동안 교인들은 돌아가며 그 아이의 유모차를 밀고 돌봅니다.

장애인 자리에 앉아 예배를 보면서 유심히 그들의 부모를 보는 버릇이 생겼습니다. 볼 때마다 눈시울이 화끈거리고 가슴이 더워옵니다. 어디선가 나직이 소리가 들리는 듯합니다. "보기에 참 좋구나. 그동안 애 많이 썼다. 고맙다." 하늘이 잠시 맡긴 아이를 잘 돌봐 주었다고 칭찬하는 소리가 천상에서 내려온 듯 내 귓전을 스칩니다. 바람결에 들려온 환청이었을까요. 그 마음의 소리는 부모의 가슴을 적시며 조용히 위로하였을 것입니다.

지난한 세월을 견디고 나면 웃음도 되찾게 되나 봅니다. 아이의 작은 변화에 기뻐 어쩔 줄 모르는 젊은 엄마를 봅니다. 그녀가 환하게 웃으며 아들 자랑을 하면 나도 모르게 안도의 숨을 쉬게 됩니다. 얼마만큼의 고통을 견디어 내야만 저리 투명한 얼굴로 기꺼이 손뼉을 칠 수 있을까요?

이번 여행에서 많은 이의 도움을 받았습니다. 공항에서 휠체어 서비스를 부탁하면 아주 편하게 심사대를 통과하고 기내의 출입에도 우선권을 줍니다. 크루즈 배에서도 온갖 편의를 제공 받고, 여행지의 길고 긴 화장실 대열에서도 맨 앞 순서를 부여받습니다. 관광버스에 오르내릴 때에도 운전기사와 가이드의 에스코트를 받습니다. 온 마을 사람이 한 명의 장애인을 지극정성으로 돌보고 배려합니다.

선천적인 장애는 사람의 힘으로 어쩌지 못하는 타고난 것입니다. 후천적인 장애도 사람의 부주의나 사고일망정 어쩔 수 없는 경우가 대부분일 것입니다. 장애를 원해서 장애인이 된 사람은 없을 테니 말이지요. 사람이 어쩌지 못하는 것은 신의 영역일 테니, 신의 손길이 미처 닿지 못한 이들을 돕는 건 어쩌면 당연한 인간의 도리이자 신을 돕는 숭고한 일이 아닐까 합니다.

오른쪽 관절 수술로 미국에서 핸디캡 판정을 받았고, 신장이식 수술로 한국에서 복지 카드를 받은 글로벌 공인 장애인이 되었습니다. 잠시나마 장애우의 입장을, 그 부모들의 마음을 헤아려보게 되었습니다. 이래서 아픈 만큼 성숙해진다고 하나 봅니다. 힘든 세월을 통과해 오늘에 이른 것에 대한 감사. 잃은 것 때문에 원망하지 말고 아직 남아있는 것도 있음에 또 감사해야겠습니다.

감사의 계절입니다. 무탈한 하루를 살 수 있음이 기적이고 그것만으로도 감사할 이유는 충분하지 않을까 합니다. 모두에게 인사를 드립니다.

"해피 생스 기빙!"

나무의 지혜, 준 드롭(June Drop)

백수로 지낸 지 2년이 넘었다. 외출이라곤 병원에 검사하러 가거나 수영하러 스포츠센터에 가는 정도이다. 책 읽고 컴퓨터 하고, 글도 쓰면 하루가 쉽게 갈 줄 알았는데 오래 놀다 보니 지루하다. 30분 일을 하면 한 시간은 쉬어야 하는 저질 체력이 되어버려서, 앞으로도 일해서 돈을 벌 기회는 없는 셈이다.

작은 텃밭을 만들어 물주고 들여다보는 재미가 생겼는데, 하필이면 올해 캘리포니아는 극심한 가뭄이어서 정원놀이도 즐겁지만은 않다. 화초도 물을 덜 먹는 다육식물이나 선인장류로 바꾸길 권하고, 잔디도 인공잔디로 교체하면 수도 전력국에서 비용의 일부를 보조해준다고 한다. 우리 집도 스프링클러를 잠그고 호스로 물을 주기 시작했고, 설거지물을 모았다가 텃밭에 준다. 회사의 잔디밭은 인조잔디로 바꾼다고 신청해 두었다.

나처럼 장기이식을 한 환자는 면역억제제를 평생 먹는다. 면역력이 떨어져 감염에 특히 주의해야 한다. 사람 많이 모이는 장소는 되도록 삼가고, 정원 일이나 분갈이도 하지 말라는 퇴원시의 주의사항이 있었다. 그걸 깜빡하고 흙을 만졌더니 피부에 가려움증이 생겨 고생 중이다. 봉지 흙에 퇴비가 섞인 때문이라고 추측한다. 가만있는 게 돕는 거라며 사고 치지 말라는 남편의 잔소리 들었다.

텃밭을 돌보러 뒷마당에 자주 내려가다 보니 평소에 관심 없던 나무들이 보이기 시작했다. 아침에 물을 주다 보니 여물지 않은 아기 열매가 무수히 나무 주변에 떨어져 있다. 꼭지까지 달린 채로 사과 · 복숭아 · 자두 · 감나무 · 아보카도 등 우리 집 유실수 거의가 같은 현상을 보이는 것이다. 며칠을 관찰해 보니 점점 심해지는 것 같다. 달려 있는 것보다 떨어지는 게 더 많아 보인다. 물을 덜 주어서 생긴 병인가 싶어 내 탓인 양 덜컥했다.

퇴근해 들어온 남편에게 물었더니, 이 집에 25년 넘게 살았는데 그걸 처음 봤냐며 혀를 찬다. 해마다 6월경에 과일나무에 있는 일이라며 그래서 '준 드롭(June Drop)'이라고 한다나? 나무의 다이어트 방법이란다. 열매를 먹기만 했지 도통 돌보지 않았으니 전혀 몰랐다. 가드닝 전문회사인 허드슨 밸리 사이트에 들어가 보니 똑같은 설명이 나와 있다.

"It's also time for the fruit trees to do a little self-pruning. Over the next few weeks, you should start to see some of the small fruits dropping and littering the ground. Don't panic. This is normal. They've even given it a name. It's called June Drop."

초보 농부는 놀라지 말란다. 그게 정상이라고. 나무의 스스로 걸러내기 방법, 더 튼실한 열매들을 위한 약한 것들의 희생인 것이다. 자연의 질서유지 방법은 신기하다. 당연한 듯 비우고 내려놓기를 하고 있다.

앞다투어 선두에 서려는 사람들은 남을 밟고 일어서야 승리의 쾌감을 느낀다. 자본주의 경쟁사회에서 살아남기 위해 주변은 돌보지 않는 치열하고 고단한 삶을 산다. 알아서 욕심을 덜어내는 나무들, 만물의 영장이라는 사람보다 낫지 않은가? 내 인생의 6월도 비울 줄 아는 순한 나무 같았으면 좋겠다. 이 세상 모든 것에 담긴 뜻을 헤아려보며 살 일이다.

chapter 3

詩詩한 나의 글쓰기

고마운 시행착오

며칠 전 소설가 윤금숙 선생님을 만났다. 돌아가신 소설가 송상옥 선생님의 부인(송경자 사모님)이 전해주랬다며 손뜨개 덧버선을 주신다. 작년 연말에 주려 했지만 만날 기회가 없어서 한동네 사시는 윤금숙 선생님 편에 보내신 것이다. 때늦은 추위에 요긴하게 신으면서 해마다의 정성을 생각하며 감동했다. 곱고도 가지런히 뜨여진 덧버선을 보면서 나의 서툰 뜨개질을 생각했다.

뜨개질을 해본 사람이면 다 아는 일이지만, 도중에 실이 엉키는 일은 허다하고, 또 제아무리 고약하게 얽혔다 하더라도 결국엔 실은 풀리게 마련이다. 정 손을 못 쓸 정도로 얽히면 군데군데 가위로 끊어내어 다시 맺는 한이 있어도 실은 한 가닥으로 유지해야 하는 법이다. 그렇게 해서 다소 흠은 있더라도 하나의 스웨터나 목도리 덧신이 완성되는 것이다.

우리 어머니 말을 빌면 어려서 어머니 동네에 소경 처녀가 살았는데 뜨개질을 어찌나 잘하는지, 불을 꺼 놓고도 꽈배기 무늬 스웨터를 능숙하게 뜨더라고 들었다. 늘 우리가 무엇을 건성으로 대하여 잦은 실수하였을 때 어머니가 빈번히 쓰시는 예화이다. 그럴 때면 우리들은 "장님은 불 끄나 마나."라고 어머니의 원래 의도와는 딴판인 말을 하곤 했었다. 앞을 못 보는 사람이 무늬를 넣어 스웨터를 짜기까진 무수한 'trial and error'을 거쳤으리라.

"가정대학을 나온 사람은 살림을 잘할 것이다."라는 편견은 내게서 버리는 것이 좋다. 뜨개질도 잘 못하면서 여고의 가정 선생을 7년간 하였다. 실습이 큰 비중을 차지하는 가정 선생을 하면서 뜨개질은 반에서 유난히 잘하는 아이를 조교 삼아 배워가며 가르쳤다. 후엔 솜씨가 생겨 남편의 조끼도 떠서 입히고 하였으나 그건 많은 양의 실을 버려가며 배운 후의 산물이었다.

남편은 시집올 때 가져온 수많은 덮개와 깔개 등의 수공예품이 나의 솜씨인 줄 아직도 알고 있다. 거짓말은 안 했다. 사실을 말하지 않았을 뿐이지. 사실을 말하자면 숙제 검사하다가 "참 예쁘구나." 한마디 하면, 마음 착한 여학생들은 고이 포장까지 하여 선생님에게 선물로 주곤 하였다. 옛날이야기이긴 하다.

아름다운 많고 많은 말 중에 하필이면 고달프기 그지없는 '시행착오'라는 단어를 인생의 지침처럼 생각하며 산 지 오래이다. 영어로는 'trial and error'이니 복잡한 문제를 실패를 거듭하면서 풀어 가는 과정, 혹은 그 고된 작업을 일컬음이리라.

세상 살다가 펄펄 뛸 억울한 일도 있고 오해를 받거나 걸림

돌을 만나면 내 금언인 '시행착오'는 오히려 힘을 얻는다. 돌아보면 어느 발명가가 이 시행착오의 신고를 겪지 않고 인류에게 편함을 가져다줄 수 있겠으며 저마다 이루어낸 값진 빛난 것에 시행착오의 눈물과 땀이 섞이지 않은 것이 어디 있으랴.

뜨개질 솜씨 없는 내 앞에 한없이 얼크러져 있는 실뭉치는 언젠가는 적절한 대답이 주어지리라는 암시가 아닐까? 그런 시각에서 보면 오늘의 가망 없어 보이는 노력도 결국은 내일을 위한 투자로 이어질 거라 믿는다. 인생에 반복되는 trial과 error를 거치면서 더욱 성숙해지고 싶다.

동상이폰(同床異phone)

한 침대에 누웠어도 교감이 없다. 환갑 넘기며 이미 방전된 사이이긴 해도. 되도록 침대 가장자리 쪽으로 자리를 잡아 독립공간 확보에 힘쓴다. 이럴 땐 침대를 캘리포니아 킹사이즈로 사길 잘했다고 스스로 기특해한다. 각자 양 끝으로 자리 잡고 핸드폰 속 나만의 세계에 빠져든다. 가끔 신기한 동영상을 만나면 몸을 한번 굴려 침대 가운데 광장에서 접선하여 보여 주고 함께 놀라거나 키득댄다. 동영상이 길면 공유를 누르고 각자 원위치로 돌아간다.

남편은 주로 연주음악이나 비행기 조종에 관한 취미 영상이나 기사를 본다. 나는 주로 각처 문인들의 좋은 글을 읽는다. 집안은 대체로 조용한 도서실 분위기를 유지한다. 침묵수행, 묵언 정진하는 도량 같기도 하다. 바야흐로 1인 미디어 시대에 도달했다.

일찍이 친정아버지가 돌아가신 해인 2001년에 한국의 사이트인 한국문학도서관에 개인 서재를 열었다. "매일 글 연습을 하라."는 말씀이 유언 같아서 그걸 지키기 위해서였다. 일기처럼 글을 썼다. 모두 작품이 되는 건 아니지만, 원고 청

탁이 들어오면 겁나지 않았다. 완성된 글이 아니어도 인벤토리가 많은 상점 주인같이 자신이 충만했었다. 이후에 블로그를 열고 페이스북에 카카오스토리에 브런치, 인스타그램까지 하고 있으니 가히 사이버 시대에 충실한 인물이 되었다.

작품 글만 올리는 서재와는 달리, 사생활도 소소히 올리는 페이스북이나 인스타그램 때문에 밥 먹기 전엔 사진을 먼저 찍고 놀러 가면 간판 앞에서 인증샷을 찍은 후 경치를 감상하는 게 자연스러운 일이 되었다. 남에게 보여지는 삶, 남을 위한 삶을 살게 된 셈이다.

하루종일 나를 중계하는 삶이 그리 좋은 것만이 아니라는 걸 알게 된 사건이 있었다. 열심히 사이버 인생을 살던 지인의 아들이 피지로 휴가를 간다고 대대적으로 광고를 하고 다녀오니, 집안을 몽땅 털어간 사건이 발생했다. 보석 도매상이던 그가 장사 밑천이던 보석류까지 다 도난을 당한 것이다. 아는 도둑님일 것으로 추측한단다.

그런 일을 몰랐다면 컴과 가까운 생활을 하는 나도, 눈알과 손가락이 컴퓨터와 합체된 (이미 인공관절도 넣은지라) 사이보그로 재탄생할 뻔했다. 남의 불행을 보고 내 삶을 간수하는 모양이 미안하긴 해도 사이버 중독을 경계하는 반면교사로 삼고, 지나친 사생활 노출도 조심하려 한다.

젊은 날 눈멀어 결혼한 후 맞는 걸 눈 씻고 찾아도 없던 우리 부부가 막판에 맞은 콩팥(신장)으로 인해 부부 일심동체라는 어색한 칭송을 받은 지 5년이 넘었다. 동상이몬으로 그 어색함을 떨칠 수 있어 천만다행이다. 역시 부부는 안 맞아야 정상이다.

詩詩한 나의 글쓰기

초등학교에 다닐 때 담임선생님은 늘 내게 시를 지어오라고 하셨다. 시에 맞는 그림을 그려 학급 게시판에 붙이셨는데 아마도 내 실력을 과대평가하셨지 싶다. 시인의 딸이니 시를 잘 짓겠지 하셨겠지만 실은 모두 엄마가 대신 써준 것이었다. 엄마는 공부 이외의 것에 시간을 뺏기지 않도록 큰 배려를 하신 것이지만, 그건 딸을 위하는 것이 아니라 극성이었다. 지금 생각해보면 시를 짓고 그림을 그리는 것도 외우기나 산수처럼 아주 중요한 공부인데 말이다.

흰 구름이니 그리움이니 하며 초등학생에겐 어울리지 않는 어휘로 지어진 시를 가져가면서 마치 내가 시인이 된 듯 멋있다고 착각했다. 그렇게 몇 차례 환경미화에 쓸 시를 가져가곤 했는데, 어느 날 담임선생님이 부르시더니 이번엔 네가 꼭 지어서 가져오라고 하시는 게 아닌가? 선생님은 알고 계셨던 거다. 그동안의 시가 어른의 것인 줄.

집에 가서 엄마에게 말하니 그렇다면 아버지께 배워서 네가 직접 써가라고 하신다. 아버지는 늘 어렵기만 한 분이어서 아버지가 부르자 겁이 났다. 아버지 앞에 무릎을 꿇고 앉았다. 그동안 엄마가 써준 시를 가져간 것을 혼낼까 봐 전전긍긍하고 있었다. 공범인 엄마도 아버지께 한 소리 들은 기억이 난다. 그건 애를 돕는 게 아니라 망치는 일이라고.

아버지는 뜬금없이 내게 물으셨다.

"오늘 날씨가 어떻냐?"

"비가 와요."

"비 오는 날 학교에 가서 뭘 봤냐?"

"애들이 장화를 신고 왔어요"

"장화가 모두 같더냐?"

"아니요. 색색이어요. 내건 하얀색 어떤 아인 빨간색 그냥 운동화를 신은 아이도 있어요."

"그래 뭘 생각했냐?"

머리를 이리저리 굴려도 생각이 나지 않았다. 한참 침묵하다 고민 고민 끝에

"신발은 모두 다른데 발자국은 색이 없어서 내 발자국 찾기가 힘들었어요."

"오, 옳지 되었다."

어렴풋이 시 쓰기가 쉽지 않은 것을 알았고 초등학교 꼬마에겐 시는 버거운 일이었다.

비 오는 날 운동장에
발자국이 찍혀있네
하얀색 내 장화 빨간색 친구 장화

운동화 발자국도 찍혀있네
비 오는 날 내 발자국 찾을 수 없네

생전 처음으로 시를 쓰고 어깨너머의 실력으로 '네'로 끝나는 어미를 붙이고 "찾을 수 없네!" 하고 아버지 앞에서 읊곤 나는 그만 앙앙 울고 말았다. 신촌의 창서초등학교 3학년 4반 교실에 오래도록 붙어있던 나의 시이다.

이창동 감독의 〈시〉라는 영화를 봤었다. 김용택 시인이 시인교실의 지도강사로 나오고 배우 윤정희가 시를 배우는 나이 든 여자로 나온다. 삶은 고달프고 어지럽고 때론 잔인하기도 하다. 그럼에도 시인은 시를 쓴다. 주인공은 시를 절대자로 피난처로 생각을 한다. 영화를 보는 내내 '시는 짧은 기도'라는 생각이 들었다. 내가 쓰는 수필도 나의 넋두리이자 신음이 아닐까? 신을 향한 절규라면 아주 뜨거워야 할 것이다. 간절해야 할 것이다.

밥때도 모르고 날이 새는 줄도 모르고 미친 듯이(狂) 매달리는 날, 미치는(及) 것이 문학의 시원이며 끝일 것이다. 불광불급(不狂不及) 미쳐야 미친다는 것은 세상의 일반론이다. 하물며 문학에랴.

부러운 이모작

운동을 마치고 친구와 점심을 먹고 있는데 안면이 있는 J 여사가 식당으로 들어온다. 식사 약속이 있어 오는 줄 알고 인사했더니 일하러 왔단다. 자연스럽게 앞치마를 두르고 콩나물을 다듬기 시작한다. 식탁 정리하고 식재료 손질하는 일을 하루에 4시간씩 하고 있단다. 신선했다.

"당당해서 보기 좋아요." 했더니 내 손을 잡고 무척 고마워한다. 만나는 이마다 "뭐하는 짓이냐?" 하기도 하고 측은한 눈빛으로 보기도 해서 민망하고 기분도 안 좋았는데 그리 말해주니 든든한 지원군을 얻은 것 같다며 좋아한다.

식사 마친 후 둘러앉아 함께 콩나물을 다듬었다. 아귀찜에 넣을 거라며 대가리와 꼬리를 다 떼어야 한단다. 집에서도 안 해본 짓이 처음엔 재미있었으나 한 시간 정도 지나자 허리도 아프고 힘에 부쳤다. 콩나물 다듬기도 어려운 저질 체력의 나는 칠십에 가까운 J여사의 건강이 부러웠다.

한의대 교수였던 남편이 소천했지만, 생계가 어렵지도 않고 든든한 아들들이 지원하고 있는 그녀는 돈 때문에 일하는 게 아니라고 했다. 이미 알고 있던 터여서 이해했다. 집에서

TV 보고 뒹구는 것보다 사람도 구경하고 재미있어서 일하는 게 즐겁단다.

소설가 Y선생님은 60세 넘어 늦은 취업을 하고 15년 넘게 일하다 얼마 전 은퇴하셨다. 인생 이모작을 마친 셈인데 아직도 활력이 넘쳐서 삼모작도 가능해 보인다. 늦게 은퇴할수록 건강하다는 게 맞는 말인가 보다. 나보다도 젊어 보이신다.

서울의 강남에서 서점을 하던 친구는 서점 문을 닫은 후 2년 사이 소설집 두 권을 냈다. 서점 경기가 나빠 폐업하더니 종이책을 낸 것이 아이러니하지만, 인생의 갈피엔 늘 이중성이 있기 마련이니. 지금도 부지런히 글을 쓴다. 소설가로서 인생 2막을 성공적으로 진행 중이다.

젊어서는 생계를 위해 해야만 했기에 몰랐던 일의 즐거움, 이모작을 통해 행복해 하는 이들의 삶을 자주 본다. 인생 2막을 교육하는 라이프코치로 활동 중인 한국의 수필가 L선생도 부럽다. 그녀는 자신의 삶을 이미 이모작 한 후 남들에게 이모작의 길을 열어주고 있다.

어떤 이는 머리를 쓰고 때론 몸을 쓰며 직업에 종사한다. 무슨 종류의 일이거나 애쓰고 수고하는 일은 귀하다. 펜을 굴려도 노동이요 몸을 굴려도 노동이니 일하는 종류가 다를 뿐이지 종사하는 사람의 인격이 다른 건 아니다. 직업에 귀천이 있다는 이는 사농공상의 틀에 묶인 시대에 뒤처진 사람이다.

"일하지 않는 자 먹지도 말라."는 성경의 구절처럼 밥을 위한 생업도 중요하다. 그러나 밥이 우선순위가 아닌 시니어들에게 일거리가 있다는 건 덤이자 축복이다. 노년의 일자리는 단순한 것이 좋으리라. 할 수 있는데 하지 않는 건 게으름이 아닐까.

아프다며 사무실 일도 안 시키는 남편에게 야구 연습장의 코인이라도 팔겠다고 사정해야겠다. 이모작이 어려우면 1.5 모작이라도 해야 덜 억울할 100세 시대이기에.

어머니가 보내준 내복

한국에서 아들아이의 결혼 피로연을 하기로 날짜가 잡혔다. 그 며칠 전 친정엄마가 저혈당 쇼크로 쓰러지셨다고 연락이 왔다. "할머니는 참석 못 하실지도 몰라."라는 말에 아들은 서운해한다.

피로연 당일, 정신이 맑지 않은 상태로 동생이 부축하여 엄마는 오셨다. 지팡이를 짚고 한 걸음 한 걸음 힘들게 걸음을 옮기다가 손자를 보더니 이름을 부르고 눈을 크게 뜨신다. 마치 용궁에서 심청이 만난 심봉사처럼. 온 가족이 둘러서 있다가 박수를 쳤다. 그런 기적 같은 힘은 어디로부터 오는 걸까.

며칠 뒤 아들 내외가 미국으로 돌아가기 위해 인사차 할머니 집에 들렀다. 할머니와 손자는 부둥켜안고 오랜 이별을 했다. 다시는 못 만날 사람들처럼 울고 울었다. 정말 살아생전의 마지막 만남일 수 있겠다. 바라보는 딸은 오히려 덤덤한데 평소 말수 적고 무뚝뚝한 아들아이가 많이 운다. 조손(祖孫)의 슬픈 이별 장면은 아직도 마음에 남아있다.

어머니의 간병을 위해 친정집에 머물렀다. 어머니를 돌보느라 애쓴 동생들과 올케들에게 잠시라도 휴식을 주고 싶었다. 갑작스러운 엄마 돌보미 역할이 서툴다. 그간 너무 무심했다.

기운 없는 딸과 기운 더 없는 엄마가 마주 앉았다. 배터리 눈금 두 개 남은 딸과 남은 한 눈금마저도 깜빡거리는 엄마. 다 된 배터리들끼리 누가 누굴 돌보는지 모를 상황이다. 눈금 하나짜리의 수저 위에 두부를 얹으면 얌전히 받아 드신다. 다음 순서는 고기 한 점. 고개 흔든다. 눈금 두 개짜리가 대신 먹는다. 몇 차례 반복하다가 상을 물린다. 새 모이만큼 드시고 설거지하는 동안 잠이 드셨다.

명랑 쾌활하던 엄마는 말수 없는 낯선 엄마 되었다. 엄마 옆에서 책도 읽고 반찬도 만들고 분리수거도 하며 목욕을 시켜드렸다. 일주일 한시적인 효녀 노릇도 쉽지 않음을 알았다. 그래도 딸이 옆에 있어선지 내가 미국으로 돌아올 무렵엔 기운을 차리셨다.

기운 차리신 후 첫마디가, 교회의 개근상을 물으신다. 이미 아파서 12월 한 달을 결석하셨다니 무척 억울해하신다. 연말에 개근상으로 내복을 받곤 했단다. 어머니날엔 여름 속옷을 받고, 성경 퀴즈에선 양말을 상품으로 받고, 야유회 땐 모자를 받아서 다 모아 놓으셨다. 겨울 내의까지 구색 맞춰 내게 주려고 했단다. 해마다 소포 꾸러미에 들었던 것들에 그런 사연이 깃들인 줄 몰랐다. 어머니의 시간과 삶이 갈피갈피 들어있는 보따리였구나.

시간 속에 영원한 것은 없으며, 낡고 때 묻고 시들지 않는 것은 없다. 그렇다 해도 엄마는 내 옆에 영원히 사실 것만 같은 어리석은 믿음이 있다. 새 달력을 걸며 벌써 내가 이런 나이가 되다니 하고 혼자 중얼거렸다. 미수(美壽)를 바라보는 딸을 낳은 엄마는 이제 88 미수(米壽)를 맞으신다.

요즘 엘에이도 부쩍 추워져서 내의가 필요하다. 향후 10년은 더, 엄마로부터 내의를 꼭 받아 입기로 결심했다.

망신당한 잘난 척

오래전 아들아이가 대학 입학할 때였다. 기숙사로 들어가는 짐을 잔뜩 싣고 학교로 가는 도중 살리나스에서 하루 묵었다. 노벨상의 작가인 존 스타인벡의 생가를 들러보고 싶어서였다. 발로 쓰는 수필가여도 유명한 소설가인 그의 기를 받고 싶었달까? 호텔에서 물으니 그의 집은 식당으로 바뀌었단다. 빅토리아풍의 꽤 큰 집이었다. 레스토랑으로 변한 생가에서 밥 한 끼 먹고는 밀린 숙제한 듯한 기분이었다. 그의 작품은 정작 읽은 것이 없고 영화로 만든 〈에덴의 동쪽〉을 보았을 뿐이다.

얼마 전 문학기행을 그곳으로 간다기에 바람도 쏘일 겸 따라나섰다. 이미 다녀온 곳이어서 그리 흥미롭진 않았어도 함께 동행하는 이들이 누군가에 따라 여행의 맛이 달라지니 말이다. 101 프리웨이를 달리며 펼쳐지는 풍광을 감상하였다. 살리나스에 가까워 오자 길 양옆으로 포도밭이 끝없이 펼쳐지는 거였다. 유명한 캘리포니아의 와이너리가 있는 동네가 아닌가. 그걸 보고 K시인이 "이쪽도 분노의 포도, 저쪽도 분노의 포도"라고 하자 모두들 좌우로 고개를 돌려 구경한다.

그때 옆자리에 앉은 새내기 수필가에게 내가 속삭였다. 존 스타인벡의 유명 소설인 ≪분노의 포도≫는 그 과수원의 포도가 아니라 포도(鋪道) 즉 '포장도로'라고. 새내기 수필가는 하늘 같은 선배가 말하니 잘 알겠다는 듯이 끄덕인다.

그러고 나서 존 스타인벡 센터에 들렀다. 작품 하나 하나마다 구획을 만들어 놓고 작품의 배경이며 그 당시의 사진이며 소품을 전시해 놓았다. 아무리 둘러봐도 포장도로에 관한 책은 없어 보였다. ≪The Grapes of Wrath≫의 책 표지가 크게 걸려 있는 것으로 보아 그레이프라면 먹는 포도가 아닌가? 마침 옆에 서 계신 영문학을 전공한 선배께 여쭈었다. 퓰리처상을 받은 그의 대표작 ≪분노의 포도≫가 확실하다고 하신다. 대공황 때 농장에서 일하던 노동자들의 신산한 삶을 쓴 글이란다. 아뿔싸 이게 웬 망신이란 말인가? 내 머리엔 포장도로로 입력이 되어 있었는데 말이다.

원문을 읽어보지도 않고 아는 척을 한, 나의 게으름이 만천하에 드러난 순간이었다. 창피하지만 잘못된 정보였다고 새내기 수필가에게 이실직고하였다. 여행사 주차장으로 마중 나온 남편에게 그 망신살 에피소드를 말하였다. 그랬더니 자신도 분명 그레이프로 알고 있었는데 어느 날 내가 다르게 설명하더라는 것이다. 글을 쓰는 마누라의 말이니 의심하지 않았단다. 알려면 제대로 알고 확실하게 알기 전엔 입을 열지 말라나? 말수 적은 자신은 어딜 가서 망신당할 확률이 낮단다. "아무리 남편이 도로포장을 하는 건설업에 종사하기로

서니….” 하는 바람에 배를 쥐고 웃었다.

내게 망신의 원인을 제공한 글을 찾기 위해 웹문서를 검색했더니, 다른 이도 나와 비슷한 경험을 한 것을 발견했다. 한국의 보수 논객인 이상돈 교수도 전에 ≪분노의 포도≫에 대해 틀린 설명을 들은 기억이 있노라고 한다. 동지 만난 듯 반가웠다.

인터넷을 뒤진 끝에 드디어 이러한 구절을 찾아내었다.

“그들은 가난해도 서로 돕고 사는, 인간이 인간 대접을 받으며 사는 곳을 꿈꾸었습니다. 자신을 둘러싼 사회의 본질을 그 분노의 鋪道(포도)에서 깨닫게 되지요.”

일자리를 찾아 헤매던 소설 속 인물의 여정을 ‘분노의 길’로 중의적 표현을 한 우수한 독서감상문이었다. 수박 겉핥기식으로 감상문만 읽고서 잘난 척을 하면 이런 창피한 순간이 올 수 있다.

요즘 독서를 대신해주는 사이트가 각광을 받고 있다. 바쁜 현대인에게 내용을 요약해서 패널들이 ‘전체의 대강’만 알려준다. 독서가 주는 본래의 취지와는 많은 거리가 있음을 알 수 있다. 그래서 어느 지식인은 ‘읽지 않았으나 읽은’ 인간만 늘어났다고 한탄하지 않던가. 진정한 독서는 우리의 자아가 아니라 이상을 우선시하며, 그때의 책은 허영과 사색 사이를 메워준다. 동시에 시대의 통념에 도전하도록 안내하고, 단편적 사고를 뒤엎어 교과 과정에서 부재했던 질문들을 다시 불러오게 우리의 뇌를 깨우쳐준다.

큰 망신 덕에 존 스타인벡에 관한 공부를 확실히 하고 있다. 그 소설의 배경처럼 경제 공황의 시대를 사는 요즈음 ≪분노의 포도≫가 언론에도 인구에도 많이 회자된다. 더구나 위대한 문필가 존 스타인벡과 같은 고향인 캘리포니아에 산다면 이 정도는 상식으로 알고 있어야겠다. 나 같은 사람들 때문에 포도가 뿔나고 존 스타인벡이 무덤에서 벌떡 일어날지 모른다.

말의 총량, 입의 십계명

'며느리 사랑은 시아버지'라 했지만 나는 시아버지의 사랑을 받아본 기억이 별로 없다. 육사 출신의 군인 시아버지는 늘 내게 작전 지시하듯 주의사항을 전달하시곤 했다. 시아버지는 시정명령을 적어서 품에 간직하고 있다가 나를 만나면 그걸 꺼내어 읽으셨다. "제1은, 제2는, 제3은…" 하고 읽으시는데 보통 7번까지 있었다. 그 내용은 "부드럽지 않다, 금방 '예' 하지 않는다, 여성스럽지 않다" 등등이었는데 한마디로 하자면 '순종적이지 않다'로 요약할 수 있다.

종종 예상 밖의 엉뚱한 질문을 하셔서 나를 혼란에 빠뜨리기도 하셨다. 남편이 해외 근무 나가는 사우디아라비아가 위도가 몇이고 경도가 몇이냐 물으시면, 무척 더운 사막으로 낙타가 있다는 상식만 가진 나는 난감했다. 남편이 체류할 곳에 관한 관심이 부족하다며 못마땅해하셨다. 속으로 "내가 그곳에 폭탄을 투척할 일도 없건만 지형지물을 왜 알아야 하며 위도와 경도가 무슨 소용인가?" 하고 화가 났었다.

배우기보다는 남을 가르치려 드는 선생 출신의 며느리와 상명하복을 원칙으로 삼는 군인의 기싸움이 아니었을까. 시아버지를 대적하려는 얼마나 건방진 며느리였나. 시아버님이 돌아가신 후 요즈음 곰곰 돌아보니 요령부득의 미운 며느리였을 것이다. 그냥 립서비스라도 사근사근했더라면 시아버지와의 갈등 같은 건 피할 수 있었을 텐데 말이다.

친정과도 크게 다르지 않았다. 친정아버지는 늘 내게 어려운 분이었지, 애교의 대상은 아니라고 생각했다. 아직 생존해 계신 친정엄마와도 최대의 밀월 기간은 2주일 정도이고 그걸 넘기면 늘 다투고 만다. 아파서 한국에 오랜 기간 있을 때에도 즐거운 동거는 잠시뿐 오피스텔로 나와서 딴살림을 차리니 훨씬 숨쉬기가 수월했다.

혈육과의 동거가 어려운 것은 서로의 기대치가 높기 때문일 것이다. 부모는 자식에게 늘 잘되라고 조언을 한다는 것이 잔소리처럼 들리고, 자식은 아직도 나를 못 미더워하는 부모인가 싶어 반발하다 보니 상충하는 것이다. 이럴 때 혈연이 아닌 사위나 며느리가 완충의 부드러운 역을 감당해야 집안이 화목하게 돌아갈 것인데, 지혜 있는 이가 그 역할을 잘할 수 있다. 나는 유연하지 못해 그 역을 잘 소화해내지 못했다.

'정직'을 모토로 거짓말은 하지 않으려 애를 쓰며 살았다. 그러나 살다보니 내가 하지 않은 말도 날개를 달고 다니며 사람 사이에 골을 만들기도 한다. 한때는 비밀을 공유하던 사이가 원수보다 못한 사이가 되는 걸 보면서, 입을 조화롭게 사용하는 기술이 필요함을 느낀다. 나의 언어는 치장이 없는 대신 부드럽다거나 상냥하진 않다. 전화도 '용건만 간단히'여서 상대방이 늘 묻는다. "바쁘세요?" 이메일도 무척 사무적이다. 오죽하면 오랜 친분의 나태주 시인이 칠순 기념문집을 내시는데, 내 편지글을 책에 실으려니 너무 딱딱하다며 친절한 글 한 편을 다시 써 보내라고 하셨을까.

입술 근육을 좀 풀어줘야 직성이 풀리는 날이 있다. 남들이 재미있다 하니 의무감에 실없는 말을 남발한 날, 마음 한 구석 교만으로 날 선 혀를 감추지 못한 날, 내가 내뱉은 말을 합리화하기 위해 허풍을 보탠 날, 남의 말꼬리를 잡고 다언증이 도지는 날. 그런 날은 다언이 실언이 되고 만다. 집에 돌아오면 다 쏟아부었음에 마음이 허전하고 공기 속의 날아다니는 실수에 후회막급하다.

말의 총량에 대해 고민해야 한다. 말을 하는 것보다 하지 말아야 할 것을 배워야 한다. 말무덤에 묻거나 가슴에도 묻어야 할 말들이 있다. 인터넷에서 '입의 십계명'이라는 글을 만났다.

1. 희망을 주는 말 2. 용기를 주는 말 3. 사랑의 말 4. 칭찬의 말 5. 좋은 말 6. 진실된 말 7. 꿈을 심는 말 8. 부드러운 말 9. 화해의 말 10. 향기로운 말을 하라.

시아버지가 속주머니에서 꺼내어 나를 향해 읽으시던 것과 비슷해서 놀라웠다. 청맹과니를 사람으로 만들고 싶어 하신 시아버지의 뜻은 물거품이 되었다.

이제부터라도 긍정의 언어로 토닥토닥 격려하고 쓰담쓰담 위로하며 나머지 생을 살아간다면 시아버님께 속죄가 될 것인가? 그렇게 깨달음은 늘 뒤늦게 온다.

아버지가 돌아가신 후 혼자 사시지만 지금도 매우 씩씩하고 독립적이시다. 자식들에게 신세를 지지 않으려고 너무 안간힘을 쓰셔서 속이 상한다. 많지 않은 재산을 지니고서 때마다 작은 인심을 쓰는 어머니는 그 재미로 사신다고 한다. 얼마 전 대장암 수술을 받고는 많이 기운이 떨어지셨다.

지난 추석에 아픈 노모를 뵈러 가려고 비행기를 예약하였다. 어머니가 전화로 극구 말리셨다. 신종플루가 가장 극성일 때라며 제발 오지 말라신다. 암에 걸린 어머니는 자식의 몸살을 걱정하신다. 돌아보니 나는 어머니 닮은 엄마도 못되고 자식다운 자식도 못 되었다.

씩씩한 어머니도 고민이 있으면 하나님께 매달리셨다. 잠결에 들리는 엄마의 기도소리에 깨어나고도 자는 척하며 기도를 엿듣기도 하였다. 자식들 이름을 하나하나 부르면서 기도하셨던 어머니는 지금도 멀리 사는 우리 가족을 위해 새벽기도를 빼놓지 않으신다.

이제껏 산 것이 어머니의 기도 덕이라고 생각한다. 멀리 살며 근심 끼치는 것으로 나는 이미 불효를 하고 있는 셈이다.

접인춘풍 임기추상

입춘이 지난 지 거의 한 달이 되어간다. 뒷마당의 매화는 피었다 지고 어제 내려가 보니 자두꽃과 복숭아꽃이 활짝 피었다. 봄이 오기는 오나 보다. 그러나 요 며칠 봄바람이 매섭고 나뭇가지가 흔들리고 이상 추위가 오면서 어린싹들도 헷갈리는지 씨를 뿌린 텃밭엔 아직 소식이 없다. 봄 같지 않은 봄이다. 하지만 이미 출발한 봄이 오고는 있으니 조금 더 참으면 당도하리라.

봄바람 이야기를 하다 보니 '접인춘풍 임기추상(接人春風臨己秋霜)'이 생각난다. "다른 사람을 대할 때는 봄바람처럼 대하고, 자기 자신을 대할 때는 가을 서릿발처럼 대하라"는 말로 학창 시절에 배운 사자성어인데 접인춘풍을 배우면서 임기 추상을 함께 배웠다. 홀로 사는 세상이 아니기에 나를 살피며 남도 돌아보라는 듯 댓 구를 단 의미가 소중하게 다가온다.

자신의 일에 대해서는 가을 서릿발같이 냉정하고 단호하게 판단하고 다른 사람의 일에 대해서는 봄바람같이 너그러운 관용의 미덕을 보이라는 말이지만 우리는 종종 거꾸로 대입

하며 살고 있다.

소인들은 일이 잘 풀리면 내 탓이지만 안되면 조상 탓으로 돌리며, 성공은 자기 덕이고 실패는 남 탓이라 한다. 공자님도 군자는 자신을 탓하고 소인은 남 탓을 한다고 논어에서 말씀하셨다. 모든 일을 남 탓으로 돌리는 사람은 아무리 고관대작이라도 소인일 수밖에 없는 눈에 보이는 현실이 안타깝기만 하다.

못된 비바람이 불어 새롭게 자라는 채소와 싹들을 모질게 괴롭히지만, 사시(四時)를 어길 수 없다는 것은 우리가 사는 이 땅 자연의 섭리이며 우리가 배우고 익혀야 할 진리가 아닐까.

주일예배를 마치고 모인 전도회 모임에서 약간의 소동이 있었다. 새 목사님 청빙 과정에서 의견이 맞섰던 이들의 앙금이 터진듯했다. 옆에서 보다가 가슴이 덜덜 떨리고 무척 놀랐다. 한편 바다 건너 고국은 선거를 앞두고 온 국민이 하나로 뭉쳐도 시원치 않을 판에 파당으로 분열된 작금의 사태. 우크라이나는 또 어떤가. 국제 정치판에 끼어 선량한 국민만 우왕좌왕 피해가 크지 않은가?

"주여 살피소서. 주여 침묵하지 마소서." 기도가 절로 나왔다. 살기 급급해 주위에 무심하던 나 같은 이도 이런데, 서로 맺힌 마음들은 얼마나 답답하고 속상할까. 하늘의 위로가 필요한 시기이다.

“내 말이 네게로 흐르지 못한 지 오래되었다/ 말은 입에서 나오는 순간 공중에서 얼어붙는다/허공에 닿자 굳어버리는 거미줄처럼/ 침묵의 소문만이 무성할 뿐/ 말의 얼음조각들이 여기저기 흩어져 있다.// 이따금 봄이 찾아와/새로 햇빛을 받은 말들이/ 따뜻한 물속에 녹기 시작한 말들이 들려오기 시작한다./ 아지랑이처럼 물오른 말이 다른 말을 부르고 있다/ 부디./ 이 소란스러움을 용서하시라”(나희덕 시인의 〈이따금 봄이 찾아와〉 전문)

속히 봄이 왔으면 좋겠다. 따스한 봄바람이 모든 사람의 마음을 녹여주길 기원한다.

외상장부

동네 구멍가게인 평화 슈퍼에는 외상장부가 있었다. 가게 주인아주머니가 연필에 침을 묻혀가며 쓰던 손바닥만 한 공책 말이다. 겉표지엔 '신문사 집'이라고 적혀있고, 한 달에 한 번 아버지 월급날에 외상값을 정리하곤 했다. 다른 집은 그 당시의 흔한 반찬거리인 두부나 콩나물이 주종이었는데 우리 집은 달랐다. 처음부터 끝까지 '소주 2, 소주 4'이거나 아예 같다는 표시로 땡땡점 두 개만 주욱 찍혀있었다. 2홉들이인지 4홉들이 소주인지 병 수만 구별 잘하면 외상값 계산은 참으로 쉬웠다.

신문기자였던 아버지는 술을 하루도 거르지 않고 드셨다. 나중에 우리가 커서 대학을 졸업하고 직장을 가졌을 때, 엄마는 첫 월급을 탄 기념으로 아버지의 내의 대신 소주 한 박스를 사 오라고 하셨다. 동생들도 그 전통대로 하였다고 들었다. 소주 한 박스를 받은 아버지의 파안대소가 생각난다. 아주 흐뭇한 얼굴이었다. 선생 노릇을 해서 첫 월급을 탄 딸이 대견했는지 소주 한 박스가 더 대견했는지는 모를 일이다. 후에 신문사에서 직위가 올라도 아버지의 술은 그저 두꺼비가 그려진 그 술이었다.

그 옛날 신촌 로터리에서 연세대학교 솔밭길을 지나 고개를 넘어 연희동 집으로 걸어오시곤 했다. 추운 겨울엔 목도리를 보자기처럼 머리에 쓰고, 연세대학교 앞의 하바나 빵집에서 대패밥으로 포장한 찐빵과 만두를 사서 품에 안고 오셨다. 술이 거나한 아버지가 노래를 부르면서 마을 어귀에 들어서면 동네 개들이 컹컹 짖기 시작하고, 우리는 내복 바람으로 "아버지다. 아버지다!" 하고 뛰어나갔다. 아버지보단 그 빵을 더 기다렸던 시절이다.

무교동이나 청진동의 단골 선술집을 들르지 않고 오시는 날은 시인 친구들을 몰고 집으로 오셨다. 집에서 기르던 닭을 잡고 소주를 밤새 마시던 가난한 시인 아저씨들이 생각난다. 아버지의 시에도 술 이야기가 많은 걸 보면 밥보단 술을 더 좋아하셨던가 싶다.

정년퇴직하신 후 일 년에 한 번씩 엘에이 우리 집에 오셔서 텃밭도 가꾸고 페인트도 칠하고 아이 픽업도 해 주시던 아버지가 계셔서 두어 달은 편했다. 아버지가 와 계신 동안에 한국에서 드시던 소주만 사다 드린 게 뒤늦게 후회가 된다. 흔해 빠진 게 양주인데 아버지는 으레 '소주'려니 했던 무심함이 이제야 걸린다. 선물로 받은 밸런타인이나 살루트가 술장에 가득했는데 말이다. 살가운 딸 애교스러운 딸이 못되어 고명딸이면서도 딸 키우는 재미를 드리지 못한 것도 후회스럽다.

편찮으시단 소식을 듣고 가서 뵙고서 인천공항에서 헤어진 것이 우리 부녀의 마지막이었다. 손을 흔들고 돌아서는데 아버지의 얼굴이 일그러졌다. 웃는 줄 알았는데 자세히 보니 주름 사이로 눈물이 흐르는 거였다. 나는 그때도 '늙으면 주름 때문에 웃는지 우는지 분간이 안 되는구나…'라고 속으로 생각만 하고 아버지의 맘을 헤아리지 못하였다. 아버지는 다시는 못 볼 줄 아셨나 보다. 그때를 떠올리면 지금도 목이 메인다.

곱슬머리 은발에 키가 훤칠하셨던 아버지를 종종 길거리에서 만나는 착각을 한다. 이곳의 미국 할아버지들이 대개 그런 모습이어서 깜짝 놀라는 때가 있다. 아닌 줄 알면서 황급히 뒤를 따라가다가 실망하여 울기를 몇 번이나 했는지 모른다.

그렇게 돌아가신 후의 후회는 늘 늦을 뿐이다. 얼마 전 아버지 기일에 엄마께 전화하여 "씩씩한 과부로 산 10년을 축하합니다." 했다가 욕만 먹었다. 실은 아버지 생각이 간절하지만, 나도 엄마도 눈물이 날까 봐 부러 농담을 한 것이었다.

한국 양조산업의 큰 공헌자인 아버지도, 엄마의 간절한 기도가 통하여 말년엔 신앙생활을 하셨다. 술만 마시던 젊은 날이 하나님께 죄송하고 교우들에게 부끄럽다며 골방에서 세례를 받으신 순진한 아버지. 6월은 돌아가신 아버지의 생신이 있기도 하고 '아버지 날'도 있는 달이다. 시아버님도 6월에 돌아가셨으니 우리 가정의 6월은 추모의 달이기도 하다. 아버지를 마음껏 그리워해도 좋은 달이다. 나중에 천국에서 만나면 아버지께 못다 한 사랑의 외상을 갚을 작정이다.

나의 수필쓰기

초등학교 시절부터 신문사 주최의 글짓기 대회에 나간 적이 종종 있었다. 주로 경복궁에서 사생대회와 함께 열리곤 했는데 과거장에 시제가 출제되듯 두루마리에 쓴 제목이 늘어지는 순간엔 가슴이 몹시 뛰었던 기억이 새롭다. 시 부문과 산문 부문이 있었는데 나는 주로 산문 부문에 출전했었다.

시인이셨던 아버지 덕분에 아버지 서가에 가득했던 시집들을 글자를 깨우쳤을 때부터 뜻도 모르고 읽었었다. 조금씩 철이 들어가면서 읽어보아도 시는 어렵고, 내 뜻을 독자에게 전달하려면 많은 수련(?)을 거쳐야 할 것이라는 생각이 들었었다. 난해한 시들이 범람하는 요즈음, 어릴 적 내 생각이 옳았다는 기분이 더 하다. 그래서 요사이 시집을 구입할 때도, 뒤적거려 본 후 이해 가능한 잔잔한 감동이 있는 시가 들어있는 시집에 손이 가곤 한다.

소설은 아무래도 작가의 체험이 많이 바탕이 된 허구이겠으나 읽다 보면 주인공이 작가 자신이 아닐까 확신하는 버릇이 있다. 그래서 소설 쓴 이를 나름대로 어떤 인물로 확정 지어 놓게 된다. 그렇게 해서 생긴 순전한 나의 선입견 때문이긴 하지만 문단 사람들과 교우하다 보면 그 생각이 배반당하는 일이 자주 있다. 소설은 소설, 사람은 사람인 것이다.

이쯤 되면 수필에 대한 나의 생각이 거의 표현된 셈이겠다. 나는 글쓴이와 글은 동격이라는 생각을 절대적으로 가지고 있다. 그래서 함께 수필을 쓰는 분들과도 종종 의견이 다를 때가 있다. 작금의 추세는 겪지 않은 것도 상상을 가미해 수필화 할 수 있다나? 물론 가보지 않은 곳은 기행문이나 비디오의 화면을 빌려서 본 간접체험을 쓸 수는 있다. 옛날 내가 태어나지 않았던 시대의 인물들을 내가 어떻게 나타낼 수 있겠는가. 당연히 책을 통한 간접 지식으로 밖에는 없을 것이다.

하지만 현재의 제 삶을 표현할 때는 어디서 인용해 쓸 수는 없지 않은가 말이다. 때문에 융통성 없는 나의 글 속에 종종 등장하는 가족과 친구들 또는 교우들과 이웃으로부터 가끔 불평의 소리를 듣는다. "저이 앞에서는 조심해야 해, 잘못하면 글에 오를 수 있으니까." 가끔 우스갯소리로 주위 분들이 하는 말이다.

뒤늦게 글쓰기를 시작한 내게 아버지는 매일매일 글쓰기를 연습하라고 하셨다. 글쓰기에 선천적인 소질을 갖고 태어난 사람이라도 연습을 하지 않으면 매끄러운 문장을 만들 수 없다며. 마치 운동선수가 하루라도 연습을 빼먹으면, 근육이 뭉치고 대회에서 좋은 성과를 기대할 수 없듯이… 그래서 홈페이지에 일주일에 한 번씩은 글을 올리고 있다. 그러니 한 달에 4편 정도의 수필은 쓰도록 나와 약속이 되어 있는 셈이다.

수필이 자신을 드러내는 고백적인 글이어도 원칙은 있다. 남에게 교훈하는 글이나 나를 과시하는 글은 쓰지 않는다는 것이다. 하고 나면 대개 역겨운 자랑이 되기 쉽기 때문이다. 너무 친절하게 자세하게 쓰는 것은 일기나 보고서에 지나지 않는다. 행간에 들어 있는 무언가를 캐치하도록 글을 써야 할 것이다. 차분한 설득과 조용한 파문이 들어 있어서 그 여운으로 인해 생의 위안을 줄 수 있는 감동의 경지가 수필이라고 배웠다. 수필이라는 것이, 나를 이야기하면서 남의 공감을 끌어내어 읽는 이로 하여금 슬며시 웃게도 찡한 여운을 주게도 하는 것이라면 가감 없는 정직함이 기본이 아닐까 한다.

어릴 적부터 익숙한 나의 산문에 솔직히 말하면 나의 잡문에 고개 끄덕여 주면서 '수필'이라는 멋진 이름을 붙여 주시는 분들께 감사할 따름이다.

가르친 걸까, 배운 걸까

내 나이 스물 하고도 아홉 살 반, 철이 들어도 한참 들었어야 할 시기인 그때에 아이를 낳았다. 스물아홉 살 반이라고 굳이 쓰는 이유는, 여자 나이 삼십 전에 아이를 낳아야 머리가 좋은 아이를 낳을 수 있다는 통계를 어디선가 들은 이후이다. 혹시나 후에 아이가 공부 못하는 탓을 어미에게 돌릴까 보아 미리 방패를 친 것이다. 한국 나이로는 삼십이 넘었을 때 애 엄마가 되었는데 나는 여전히 답답한 청맹과니였다. 안 생기는 아이를 걱정했지 엄마가 될 준비는 안 하고 있었다. 결혼한 지 5년이 되도록 못 낳는다고 뒤에서 수군거린 시집 식구들의 코를 납작하게 해 줄 아이를 떡 하니 내놓을 생각만 하고 있었으니 말이다. 나의 온전한 생식 기능을 증명할 생명의 탄생이 기뻤다고나 할까.

시댁이나 친정에 첫 손자로 기쁨을 준, 최초로 나에게 '엄마'라고 불러준 아이. 그 아이에게 잼 잼을 가르치고 도리 도리를 가르치고 걸음마 할 때 앞에서 손뼉을 쳐주고, 이런 걸 가르침이라 할 수 있을까마는. 정작 내가 아이에게 가르친 것은 별로 없는 듯하다. "에비~" 하면서 얼마간의 해선 안 되는 것들과, 억지로 한글을 가르쳤을 것이다. 하지만 살아오면서 아이가 내게 가르쳐준 것들은 훨씬 많다.

아무것도 모르면서 불편함을 전혀 몰랐던 철부지 어른인 내게 '아이는 어른의 아버지'라는 걸 깨닫게 해 준 선생이었다. 아이가 아니었다면 단잠을 희생하며 억지로 일어나 어르고 먹여야 할 누군가가 있다는 걸 몰랐을 것이다. 나는 시험 때도 밤새운 적은 없으니 말이다. 아이가 아니었다면 '사랑'이라는 실체가 이처럼 눈앞에 엄연함을 몰랐을 것이다. 그때까진 실패한 '사랑'에 실망한 나머지 세상에 사랑은 없다고 생각했었다. 아이가 아니었다면 평생 남에게 고개 숙이는 일 없이 교만한 사람이 되었을 터이다. 우리 아이에게 유아원에서 자주 깨물리던 아이의 엄마에게 늘 사죄하여야 했으니 말이다. 지금은 웃으며 기억할 수 있다. "저 집 아들은 악어××"(아빠가 악어)라던 어떤 엄마의 푸념.

아이가 아니었다면 '자식 둔 죄인'이라는 말을 이해하지 못했을 것이다. 그러므로 이젠 우리 어머니의 마음도 조금은 이해하는 사람이 되었다. 아이가 아니었다면 늙음과 순환의 고리에 대해 숙명에 대해서도 인정하지 않았을 것이다. 아이가 없었다면 정말 형편없이 이기적인 사람, 편견과 아집에 사로잡힌 사람이 되었을 것이다.

아이만 아니었더라면 더 자유로울 수 있었고 더 많은 글을 쓸 수 있을 것이라던 나의 욕심이 있었다. 그런 생각을 가졌던 내가, 과연 엄마의 자격이나 있는 것인가?

아픈 엄마가 회사일을 못하게 되자, 잘 다니던 직장 그만두고 아빠의 회사 일을 돕느라 출근을 하고 있다. 관심 밖이던 3D 업종에 이제는 적응한 듯 보인다. 안전모에 작업화를 신고 현장을 지키는 모습이 건설회사 일꾼이 다 된 듯 어울려 안심이 된다.

내 얼굴을 대할 때마다 끊임없는 건강에 관한 잔소리로 훈계를 하는 아들아이는 나를 계속 가르칠 것이다. 이 아이에게 아직 배울 것이 많은가 보다. 나를 끝까지 죽여 성숙한 사람이 되라고 주신 파트너인 듯하니 말이다.

홈리스 음악회에서 흘린 눈물

일 년 내내 온화한 기후로 홈리스의 천국이라는 이곳엔, 날씨가 추워지면 타주에서 이사 오는 무숙자가 많아진다. 예전엔 박스 안에서 자는 이가 대부분이었는데 이젠 각종 텐트로 울긋불긋 멀리서 보면 캠핑 그룹 같다. 101번 프리웨이의 Alvarado 출구의 노숙자는 텐트에 금색 스프레이를 뿌리고 별을 장식하고 벌써 크리스마스 준비를 마쳤다. LA시는 노숙자 비상사태를 선포하였다. 2019 작년 대비 12.7% 증가하여 지난 5월의 통계에 의하면 6만6천 명에 이른다고 한다.

오래도록 홈리스 선교를 하는 울타리선교회를 방문했다. 이른 추수감사절 예배를 하는데 음악회를 함께 한다고 들었다. 남편의 밴드가 재능기부로 연주를 한다. 그래도 망설였다. 몇 년 전 참석했던 경험이 있기에 말이다. 씻고 왔다 해도 은연중 배어있는 노숙자들의 퀴퀴한 냄새. 사우스LA 지역의 주차공간도 없는 교회에서 하는 음악회. 매력이 없었다.

겨우 겨우 길가에 주차하고 교회에 들어서니 여러 명의 홈리스들이 자리를 잡고 앉아 있다. 출연하는 합창단과 연주자들이 리허설 중인데 미리 자리를 맡아 놓아서 빈자리가 없었다. 홈리스 할아버지 옆에 앉기까지 용기가 필요했다. 옆에 앉으니 반갑다고 악수를 청한다. 철수세미 같은 손을 잡았다. 중간에 허그하라면 어쩔까 지레 걱정했다. 염려대로 "당신을 사랑합니다, 기도합니다."를 여러 번 말하며 하이파이브도 하고 주먹도 부딪치고 허그도 해야 했다.

옆자리의 할아버지는 물론 앞자리의 꼬챙이처럼 마른 여인과도, 커다란 나무 십자가를 목에 단 거구의 아저씨와도 인사했다.

모두 아프리칸 아메리칸이었다. 시니어 목사님은 한국인이어서 한·흑 동역이 보기 좋았다. 영어가 능숙한 한인 2세, 젊은 초청 목사님은 설교로 홈리스의 마음을 쥐락펴락하며 감동을 주셨다. 설교 중간에 "예스! 지저스! 할렐루야!" 홈리스들의 추임새가 뭉클하다. 그 목사님 교회에서 그날의 식사를 모두 감당하셨다. 홈리스와 연주자 모두 배불리 먹고 무숙자들은 여러 끼의 식사 분량을 투고해 갔다.

우아한 여성중창에 귀여운 어린이 합창, 경쾌한 밴드의 음악을 따라 부르고 박수로 환호로 몸짓으로 무숙자들은 뜨겁게 반응한다. 설교를 듣고 음악을 듣는 내내 눈물이 멈추질 않았다. 남들은 내게 무슨 곡절이 있나 싶었을 것이다. 홈리스를 위한 행사는 내 영혼을 위한 행사 같았다. 그냥 이곳에 내가 앉아 있는 게 은혜였다.

시간이 지나면서 점점 부끄러웠다. 빛도 없이 이름도 없이 노래로 악기로 설교로 바비큐 봉사로 움직이는 수많은 사람.

그런 자리에 숟가락만 얹고 구경하고 밥을 얻어먹었을 뿐인가. 참석조차 망설이지 않았던가? 사람을 외모로 판단하는 가장 저급한 삶을 살면서, 고상한 척 산 나의 위선을 반성하고 반성했다.

홈리스는 피할 대상이 아닌 도울 사람들인 걸 한동안 잊고 살았다. 내가 무숙자가 아님을, 조금이라도 나눌 수 있는 입장인 것을 감사해야겠다. 이른 감사절 예배는 내게 힐링의 시간이었다.

신발 3題

대학을 졸업하고 여자학교의 가정과 교사로 발령을 받았다. 부임 전에 준비물을 챙기는데 가장 먼저 구입한 것이 중간 굽이 있는 빨간 가죽 슬리퍼였다. 여선생님들이 교내에서 실내화를 신은 것을 본지라 여교사의 필수품이려니 하고 큰 맘 먹고 명동의 양화점에서 마련한 것이다.

학생들도 동료 교사들도 예쁘다며 칭찬을 하고 내 별명은 '빨간 구두 선생님'이 되었다. 한 달여쯤 지나자 교무주임 선생이 신임교사를 소집한다. 교장 선생님의 훈시가 있을 거라는 귀띔이어서 단정히 하고 교장실로 들어갔다. 교장 선생님이 조목조목 지적을 한다. 긴 생머리가 학생인지 선생인지 구별이 안 되니 파마를 하라는 분부가 나를 향한 것이었고, 우리나라는 아직 전시체제이므로 전시의 국민은 슬리퍼를 한가하게 끌고 다녀선 안 된다며 내 발을 보며 말씀하시는 것이 아닌가? 78년도에 전시체제라니 이해 불가였지만 이북 출신 또순이 여교장 선생님에겐 통일이 안 된 나라의 상황이 전시로 생각되었나 보다.

지금 생각해보면 철없는 여교사를 보다 못해 그런 자리를 마련하신 듯싶은데, 그땐 사회인이 되어서도 왜 그런 제약을 받아야 하나 야속했다. 별수 없이 머리는 펌을 하고 실내화는 학생들과 같은 하얀 운동화로 바꾸었다. 40년 전 이야기인데도 엊그제 일처럼 섭섭하다. 평소 구두를 좋아하는 내가 구두 때문에 받은 핍박이어서 그럴 것이다.

동인집의 북사인회가 있었다. 북사인회 준비로 여러 가지 물품 준비도 해야 하고 마음의 준비도 해야 하건만, 나는 구두를 샀다. 아주 높은 킬 힐이다. 남들이 보면 "위쪽 공기는 어떻수?" 하고 물어볼 만한 샌들이다. 키가 커 보이면 상대적으로 덜 퍼져 보일 것이란 계산이었다. 당일 아침 미리 신고 연습을 하는데 너무 높아 삐끗하고 발목이 접혀서 다쳤다. 그 신을 신어 보기는커녕 발이 너무 부어올라 가장 낮은 (굽이 아예 없는) 신발을 겨우 꿰고 참석하였다. 종일 발이 욱신거리고 아팠다. 인생은 이리 대책 없거나 더 불리한 쪽으로 종종 진행되곤 한다. 그러니 매사에 무리수는 두지 말라는 교훈을 얻었다. 사람 잡는 신발이어서 킬 힐인 모양이다.

'아홉 켤레의 구두로 남은 사내'라는 윤흥길 소설가의 오래전 소설 제목이 생각난다. 내가 죽으면 '수십 켤레의 구두로 남은 아줌마'가 될 정도로 신발이 많다. 오죽하면 남편이 나를 부를 때 종종 '임멜다 여사'라고 할까? 두 식구만 남은 집의 현관에 남편 신발 한 켤레면 내 신발은 열이다. 남편은 일부다처 몰몬의 집 같다며 종종 푸념하곤 한다.

잘 알던 분이 지병으로 돌아가셨다. 장의사에서 평소에 고인이 좋아하던 옷을 챙겨오라고 했다며 따님이 묻는다. 타주에 살던 고인의 딸은 엄마의 옷을 잘 모른다기에 집에 가서 즐겨 입던 옷을 찾아주었다. 그 옷과 매치하여 편한 신발도 들고 장의사에 갔더니 장례식장에서 일하는 직원이 신발은 필요 없단다. 주검은 영원히 자는 것이므로 잘 땐 신발을 안 신는다나? 이해가 될 것 같기도 하였다.

북아메리카 인디언 수우족의 기도문 중 신발에 관한 금언이 있다. '남의 모카신을 신고 두 달 이상 걸어보기 전에는 그 사람을 비난하지 말라.'는 말이다. 상대의 입장이 되어 생각해보라는 역지사지의 사상이 담긴 것이다. 이렇게 신발 하나에도 철학이 담길 수 있다.

죽을 땐 관 속에 넣어가지도 못할 신발, 생전에 실컷 신어봐야 하겠다. 조만간 이 핑계를 대고 나는 또 신발 한 켤레 살 것이다. 불황의 여파로 전시체제와 다름없는 요즘엔 아무래도 질기고 튼튼한 군화 같은 신발을 사야 하려나? 홍 교장 선생님의 어드바이스를 떠올리며.

오늘의 운세

가끔 신문에 나오는 오늘의 운세를 본다. 세상엔 두 종류의 사람이 있다. 오늘의 운세를 보는 사람과 그렇지 않은 사람. 오늘의 운세만큼 장수하는 연재물도 없을 것이다. 그렇다면 읽는 이가 많다는 소리일 터. 크리스천인 나는 오늘의 운세를 믿지 않는다. 그렇다고 안 읽지는 않는다. 물론 매일 찾아 읽지도 않는다. 어쩌다 그 난을 보게 되면 읽는다. 오늘은 영명하신 처녀 철학 관장님이 뭐라고 뻔한 말씀을 하셨나 하며 보는 것이다.

오늘 자 신문에 난 운세를 보니 "31년 사소한 일에는 참견마시라 43년 재테크에 관심이 늘어나네 55년 추진 중인 일은 그대로 밀고 나갈 것 67년 다방면에 기회가 올 수도 79년 동료와의 불화로 하자가 발생되고…." 이렇게 쓰여있다. 오늘의 운세는 구체적이지 않다. 누구에게나 적용되는 소리이다. 운세가 아니라 어른의 당부 정도이다. 우습지 않은가?

그런가 하면 금년 89세이신 친정어머니의 운세는 대신 봐드리려 해도 없다. 늙어서 세상 다 살았으니 운세를 볼 필요 없다는 소리인가? 아니면 오늘의 운세 없이도 스스로 운명을 다스릴 내공에 이르렀다는 뜻인가?

이곳에 사는 동창 하나가 한국 방문시 대학로의 한 점 집에서 본 점이 용하다고 감탄에 감탄을 했다. 그녀가 그렇게 감탄을 하고 전적인 신뢰를 하는 걸 보니 아마도 제 삶을 잘 맞춘 모양이었다. 그녀는 올여름 휴가를 내어 한국에 나간다고 한다. 말을 들어보니 그 점 집에 또 가려는 모양이다. 아이러니하게도 그녀의 직업은 정신과 의사이다.

동창들이 모이면 온갖 카운슬링은 도맡아 하면서 정작 자신의 일은 풀지 못하는 것이 인간이 아닌가 한다. 아마도 상담한답시고 점 집에서 줄줄이 자기 이야기 다 늘어놓았겠지. 가끔 동창들이 모였을 때 우리들은 그 친구 앞에서 이 고민 저 고민을 털어놓는다. 친구에게 무료상담을 받을 수 있으니 말이다. 그러면 그 친구는 특별한 처방 없이 잘 듣기만 한다. 옆의 친구들도 남의 사생활이 궁금하니 경청을 하다가 맞장구치다가 하면 의사의 입을 통하지 않아도 저절로 결론이 유도가 되는 것이다. 그러니 제 속내를 후련히 드러내는 것만으로도 절반은 치료가 되고, 결국은 자신이 치료를 하는 셈이다.

어느 날엔 젊은이들이 선호하는 별자리 운세와 아날로그 세대를 위한 띠별 운세가 뜬다. 한국의 날짜와 이곳의 날짜가 시차가 있어 두 번씩 뜨기도 한다. 솔직히 헷갈린다. 어느 날엔 운세가 빠지기도 한다. 그러면 너무 섭섭해 말고 신문사에 전화 걸지도 말자. (우리 집엔 바둑 해설이 빠지면 전화를 거는 이가 있다.) 운세에 재미 이상의 의미를 두어 연연하면 운세가 인생을 좌지우지할지 모른다.

2인자를 위하여

남편의 재즈밴드가 5월 정기공연을 성황리에 마친 후, 지난 주말 앵콜 공연을 했다. 거실 한쪽 남편의 트럼펫 코너에서 하는 연습을 매일 들었기에, 레퍼토리 전체를, 특히 남편의 연주 부분은 외우다시피 한다. 그런데도 앵콜 공연에 또 따라갔다.

서로 안 하려던 단장을 제비뽑기로 뽑아, 남편은 이번에 팔자에 없는 단장이 되었다. 뒷바라지랄 건 없지만, 청중석에 앉아서 장단 맞추고 흥을 돋우는 일도 단장 마누라의 도리라 생각해서 참석하였다. 학예회에 나가는 아들을 바라보는 심정이랄까.

빅밴드의 3명 트럼펫 주자 중 하나인 남편은 가장 실력이 처진다. 화음을 맞추는 제2 트럼펫을 담당한다. 다른 두 명의 트럼펫 주자는 감히 흉내도 내지 못할 만큼 뛰어나다. 지휘자는 대학에서 트럼펫을 전공한 유명 오케스트라 출신이고, 혼혈인 목사님은 8세부터 트럼펫을 불었다니 루이 암스트롱 저리 가라 할 정도로 팔자로 분다. 그러니 비전공자인 남편에겐 세컨드 트럼펫도 감지덕지할 포지션이다.

무얼 시작하든 질기기로 유명한 남편이 이젠 질김을 넘어 즐기고 있는 듯 보인다. 20년 사이에 많은 멤버들이 들락날락해도 꾸준히 자리를 지키고, 연습에 개근할 만큼 성실함으로 다른 멤버들의 본이 된다니 그것만으로도 멤버의 자격이 충분하다고 지휘자는 엄지를 치켜세운다.

인터넷에 보니 이런 예화가 있다. 세계적인 교향악단 지휘자인 레너드 번스타인에게 어떤 사람이 물었다. "번스타인 선생님, 수많은 악기 중에서 가장 다루기 힘든 악기는 무엇입니까?"

그러자 번스타인은 "가장 다루기 힘든 악기는 다름 아닌 제2 바이올린입니다. 제1 바이올린을 훌륭하게 연주하는 사람은 얼마든지 있습니다. 하지만 제1 바이올린을 연주하는 사람과 똑같은 열정을 가지고 제2 바이올린을 연주하는 사람은 참으로 구하기 어렵습니다. 프렌치호른이나 플루트의 경우도 마찬가지입니다. 제1 연주자는 많지만, 그와 함께 아름다운 화음을 이루어 줄 제2 연주자는 너무나 적습니다. 만약 아무도 제2연주자가 되어 주지 않는다면 음악이란 영원히 불가능한 것이지요."

일등만을 추구하는 세태를 일깨우는 2인자 역할론이 아닌가. 하기야 모든 이들이 솔리스트일 수 없고, 모두가 일등일 수 없으니 2인자도, 열등생도 섞여 사는 것이 인생일 것이다. 제2 연주자는 어떤 사람과도 연주할 수 있고 제1 연주자를 더욱 돋보이게 만들 수가 있다. 앞으로도 계속 제2 연주자에 머물 남편, 조연이라도 최선을 다해 이왕이면 명품조연이면 좋겠다.

남편은 제2 연주자일망정 버킷리스트 중 하나였던 '트럼펫 부는 사람'이 되었다. 꿈을 성취한 사람들의 재능이란 성실의 다른 이름이 아닐까. 주목받는 비룡(飛龍)은 아니어도, 열심히 나팔 부는 잠룡(潛龍) 파이팅!

이정아 연보

1955. 12. 15 인천시 도화동 인천시립박물관 관사에서 아버지 임진수 시인, 어머니 이순진 사이에서 맏딸로 출생하였다.

1957 아버지의 직장 이직(한국일보)으로 서울 중구 광희동으로 이사하였다.

1957 남동생 임순주, 1959 남동생 임순형 출생

1960 서울시 서대문구 연희동 신문사주택 으로 이사하였다. 1962년 3월 서대문구 신촌 창서초등학교 입학하고 1962 막내동생 임순원이 태어났다.

1968~1970 경기여자중학교

1971~ 1973 경기여자 고등학교

1974~ 1978 이화여자대학교 가정대학 졸업

1978~ 1984.2 경기도 평택시 소재 한광여자고등학교 교사생활을 했으나 한국의 교육에 기여한 것 같지는 않다. 결혼자금을 마련하기 위한 취직이었으니 말이다.

1980. 5. 21 서울 세종로 신문회관에서 교수님이 중매한 이병성과 결혼, 당시 5.18 광주항쟁으로 탱크와 헌병이 엄호하는 가운데 혼인예식을 올렸다.

1985 미국 텍사스주립대학으로 유학하는 남편과 동반 미국으로 이주. 텍사스주 Austin 거주했다.

1985. 10.12 Texas, Austin. Breckinridge Hospital 에서 아들 이찬기 출생

1988 캘리포니아주 로스앤젤레스로 이주

1988 엘에이 피오피코 시립도서관 주최 독서대회 다독상 최우수상 수상

1989 엘에이 피오피코 시립도서관 주최 독서 감상문대회 일반부 대상 수상

1989 로스앤젤레스 에코파크 지역에 미국에서의 첫 집 구입함.

1989 Los Angels 소재 New Cari.,Inc에 취업 accounting manager로 1999년까지 재직함

1991 교민백일장에 산문 〈한가위〉로 장원 입상

1992 미주크리스찬문인협회(회장 송순태) 회원 가입(장원에게 주는 혜택으로 회원이 됨).

1992~1995 엘에이 Wilshire 소재 이명수 화실에서 동양화 사사

1993~1995 글렌데일 한국학교 한글교사와 서예교사 역임

1997 명계웅 평론가 추천으로 한국수필 등단 (여자 나이, 꽃시장 가는 길)

1998~2008 한국일보 여성칼럼 연재

2001 친정아버지 임진수 시인 소천

2004 첫 수필집 ≪낯선 숲을 지나며≫ 상재

2004 제2회 해외한국수필 문학상

2007 두번째 수필집 ≪선물≫ 출간

2007 미주펜문학상 수상

2007~현재 한국수필작가회 회원

2007 경기여고에서 학교를 빛낸 졸업생에게 주는 '영매상' 수상

2007~2008 피오피코 도서관 후원회장

2008~2012 미주한국일보 문예공모전 심사위원 역임

2009~2012 재미 수필문학가협회 회장

2012년~현재 이화여대동창문인회회원

2009~2012 미주 한국일보 '수필로 그린 삶' 집필

2010 미주작가 5인 동인집 ≪참 좋다≫ 출간

2012 조경희문학상(해외작가상) 수상

2012~2013 한국아산병원에서 신장이식 수술 및 요양차 한국 거주. 경기도 성남시 분당 정자동 오피스텔에 거주하며 투병할 때 많은 친구, 친지, 가족들의 성원으로 회복되어 미국으로 돌아옴. 같은 분당에 거주하던 선우미디어 사장님 이선우 선생님과 공주의 나태주 시인님은 혈육보다 더 자주 방문하고 위로해 주신 것을 기억하고 있다. 평생 은혜를 갚으며 살아야 할 분들이다.

2013 세 번째 수필집 ≪자카란다 꽃잎이 날리는 날≫ 출간, 나태주 시인께서 와병중인 나대신 책을 대신 엮어주셨다.

2013~2014 재미 수필문학가협회 이사장 역임

2014 국제펜문학상(해외작가상) 수상

미주 중앙일보 칼럼 '이 아침에' 집필 중(2014~현재)

2016~2017 피오피코 도서관 후원회장 (두번째)

2017 피오피코 도서관 후원회 30년 봉사상 받음

2017 이민영웅을 수록한 〈한인보〉에 이민수필가로 등재됨

2017 한국 고등학교 문학 교과서(지학사 간)에 '나의 수필쓰기' 수록

2018 4번째 수필집 ≪불량품≫ 출간

2020 국제펜 미서부지회 부회장 임명받음

2021 친정어머니 이순진 권사 소천

선우명수필선 · 44

아버지의 귤나무

이정아